A 부대

청소년 소설 _23

A 부대

최수영 글

펴낸날 2026년 4월 10일 초판1쇄
펴낸이 김남호 | 펴낸곳 현북스
출판등록일 2010년 11월 11일 | 제313-2010-333호
주소 07207 서울시 영등포구 양평로 157, 투웨니퍼스트밸리 801호
전화 02) 3141-7277 | 팩스 02) 3141-7278
홈페이지 http://www.hyunbooks.co.kr | 인스타그램 hyunbooks
ISBN 979-11-5741-461-1 43810

편집 강지예 | 디자인 나모에디트 | 마케팅 송유근

A 부대

최수영

 현 북스

|차례|

1. 소이산 전투

1952년, 여름

  나는 이를 악물고 지게 작대기에 의지해 발걸음을 옮겼다. 한 낮 더위에 땀이 뚝뚝 떨어졌다. 산 정상에 도착해 지게를 내려 놓으니 절로 한숨이 나왔다. 허리를 펴고 고개를 들자 비옥한 철원 평야가 한눈에 들어왔다.

  바로 북서쪽 건너편 논과 들을 지나 백마고지가 보였다. 적군 의 무자비한 포격으로 허연 등허리가 드러나 있었다. 밤낮으로 고지 쟁탈전이 치열하게 벌어지는 곳이다. 포격전, 수류탄전, 백병전이 쉴 새 없이 이어지면서 숨이 꽉 막힐 정도로 피비린내 나는 전투의 참혹함이 전해졌다.

콰르르르, 쾅.
 북한군의 기습공격이었다. 눈앞에 있던 커다란 바위가 포탄에 맞아 산산조각이 났다. 다급한 상황에서 우왕좌왕하는 사이였다.
"진구야, 피해!"
뒤에서 누군가 큰 소리로 외쳤다. 곧바로 하늘에서 떨어진 포탄이 '쾅' 하고 땅을 갈라놓으면서 포격을 맞은 땅이 하늘을 향해 불쑥 솟아올랐다. 한순간에 땅이 움푹 꺼지면서 시커먼 연기 속으로 몸이 쭉 빨려 들어갔다.
'아, 안 돼.'
움직이고 싶었지만 손가락 하나 까딱할 수 없었다. 귀는 먹먹하고 주위는 고요했다. 이상하리만큼 생각이 느려지고 몸이 물먹은 솜처럼 무거웠다.
쉬이이이이, 콰광. 펑.

고약한 화약 냄새가 코를 찌르고 통증이 밀려들었다. 정확히 어디가 아픈지 모를 정도로 몸을 가눌 수 없었다.

눈을 떴을 때 흙먼지 사이로 이리저리 뛰어다니는 사람 형체가 보이는 것 같았지만, 곧바로 이어지는 애처로운 비명에 꿈인지 현실인지 구분하기 어려웠다. 가위에 눌린 듯 옴짝달싹할 수 없었고 세상에 홀로 남겨진 것 같은 두려움에 휩싸였다.

시간이 얼마나 지났을까.

"으으으, 윽……."

정신이 번쩍 들었다. 몸을 찌르는 아픔이 느껴져 옷을 매만지자 뭔가에 축축이 젖어 있었다. 일어나고 싶었지만 그럴 수 없었다. 조금 더 정신이 들자, 사람들의 아우성이 들렸다. 누군가 다가오는 모습이 언뜻 보였다.

'숨을 쉴 수가 없어.'

말하고 싶었지만 소리를 낼 수 없었다. 커다란 돌덩이에 눌리고 나무상자 안에 갇힌 듯 답답했다.

"진구야, 눈 좀 떠 봐. 정신 차리라고!"

민수가 자꾸 말을 걸었지만 대답할 수 없었다. 그래도 아까보다 정신은 또렷해졌다. 눈을 크게 뜨고 여러 번 깜빡이자 민수가 나를 쳐다봤다.

"진구야, 이제 정신이 들어?"

정말 그랬다. 몸을 꼼지락꼼지락 움직여 보았다. 초록 나뭇잎 사이로 보이는 하늘이, 검고 하얀 연기로 얼룩덜룩했다. 고개를 돌려 천천히 주변을 살펴보니 여기저기에 피범벅인 사람들이 널브러져 있었다. 바로 옆에 쓰러져 있는 사람을 자세히 보았다. 우리 막사에 함께 있던 유씨 아저씨가 미동도 없이 허공을 응시하고 있었다.

'아저씨……'

심장이 쿵 내려앉으며 눈물이 왈칵 쏟아졌다. 머리통이 지끈거리고 숨이 턱턱 막혔다. 민수가 다급하게 외쳤다.

"진구야, 얼른 피해야 해. 얼른!"

몸이 부들부들 떨렸다. 추워서가 아니었다. 뭔가 잘못된 느낌이었다. 일어나려고 했지만, 배에 힘이 들어가지 않았다. 곁에 있던 민수가 어쩔 줄 몰라 하며 주위를 두리번거리더니 급기야 내 양팔을 위로 올려 세게 끌어당겼다. 몸이 땅바닥에 쓸리며 통증이 무섭게 밀려왔다.

"으으으……"

우리는 가까운 너럭바위 밑으로 기어 들어갔다.

"폭탄이다. 엎드려!"

누군가 다급하게 소리치자, 민수가 거칠게 내 위로 엎드렸다. 눈을 꾹 감았다. 내가 할 수 있는 거라곤 아무것도 없었다.

쾅광!

"으아아악!"

가까이에서 수류탄 터지는 쇳소리와 비명 소리가 뒤섞였다. 천둥 같은 폭발음이 쉴 새 없이 이어지자 두려움을 견딜 수 없던 민수가 고래고래 소리를 질렀다.

"야, 이 새끼들아. 그만, 그만하라고!"

하지만 허공 속 외침은 아무런 소용이 없었다.

쿠르르룽.

민수가 귀를 틀어막고 내 가슴에 머리를 파묻었다. 이번에는 쪼개진 돌조각과 흙덩이들이 너럭바위 위로 우박처럼 와르르 쏟아져 내렸다. 부서진 돌덩이가 사방으로 튀면서 주변에 있던 사람들을 덮쳤다.

"으아아아악, 살려 줘!"

여기저기서 절규하는 소리가 들렸다.

탕, 타다다다닷.

멀지 않은 곳에서 쉴 틈 없는 총소리가 이어졌다.

"진구야, 제발 일어나!"

민수가 악다구니를 썼다. 꿈쩍 못하는 나를 보며 민수는 얼마나 무섭고 두려울까. 이렇게 있다가는 진짜 죽을지도 모른다는 불안감에 사로잡혔다. 다리가 뻣뻣해지고 정신이 가물거리던 순간, 불현듯 아버지의 호통 소리가 들렸다.

'진구야! 정신 똑바로 차려라. 호랑이보다, 도깨비보다 사람이 제일로 세다. 어서 일어나 집에 가자. 엄마랑 순구가 기다린다.'

아버지의 쩌렁쩌렁한 목소리가 귓가에 쟁쟁했다. 전기가 흐르듯 온몸에 뜨거운 기운이 가득 차올랐다.

'그래, 맞아. 정신 차려야 해. 집으로 돌아가야지.'

양손을 움켜쥐고 주먹을 쥐었다 폈다를 반복하자 힘이 들어갔다. 주위를 둘러보았다. 머리를 감싸안은 민수가 옆에 바짝 엎드려 있었다. 다른 쪽으로 고개를 돌리니 멀찌감치 떨어진 곳에서 철규 형이 낮은 포복으로 기어 오고 있었다.

"진구, 괜찮응가?"

온몸이 흙투성이가 된 형이 가까이 다가와 물었다. 민수가 고개를 번쩍 들며 말했다.

"철규 형!"

애절하지만 안심한 목소리였다.

"니는 어쩌냐?"

민수가 우는 듯이 대답했다.

"나보다는 진구가 정신을 잃었……."

"진구가 어쨌다고?"

형이 말을 끊고 나를 쳐다보자 민수가 놀라서 말했다.

"엇? 진구야, 너 괜찮아? 정신 들어?"

정말이지 다른 세상으로 넘어가다 되돌아온 것 같았다.

"진구야, 너 정신 똑바로 챙기고 있어야 된다이. 알겠냐? 언능 대답혀!"

"어……."

아주 작은 소리로 대답했다. 꽉 막힌 목에서 새어 나오는 실낱같은 소리였다. 형은 내 머리와 몸을 이리저리 살피더니 민수의 어깨를 툭 쳤다. 민수가 화들짝 놀라며 눈을 커다랗게 떴다.

"민수야, 여그 진구 가슴, 여그를 꽉 누르고 있어."

형의 차분한 목소리에 혼란스러움이 가라앉았다. 눈앞에 하늘과 겹쳐진 얼굴 하나가 커다랗게 보였다.

"휴……."

"이놈아, 고맙다. 살아 있어 줘서."

민수가 눈으로는 울고, 입으로는 웃으며 말했다. 이상한 표정이었지만 이해할 수 있었다. 나도 같은 심정이었다.

적군이 다가오는지 잠시 조용했던 포탄 소리가 점점 가까워지고 있었다. 여기를 벗어나 조금 더 안전한 곳으로 가야 한다. 살아남은 사람들이 땅바닥에 쓰러져 있는 지게를 하나씩 일으켜 등에 짊어지고는 산 능선을 따라 빠르게 움직였다. 지게는 전투물자를 옮겨야 하는 부대원에게 군인들 무기만큼이나 소중한 것이었다.

"우덜도 안전한 디로 언능 피해야 된당께. 알겠제?"

형이 말하자, 민수가 고개를 세차게 끄덕였다. 둘은 얼른 숲으로 뛰어가 제법 많은 나뭇가지와 뿌리를 주워왔다. 빠른 손놀림으로 땅에 엎어져 있던 지게를 바로 세우고 나뭇가지를 촘촘히 가로질러 올려놓았다. 무기나 물자를 실어 나르던 지게에 나를 짊어질 계획인 것 같았다. 형은 지게 위에 안전하게 앉을 수 있도록 바닥에 깐 나뭇가지를 꽁꽁 얽어서 고정했다.

"진구를 지게에 앉힐 수 있겠냐?"

나 역시 걱정되었다.

"괜찮아?"

민수가 힐끔 보더니 의젓하게 대답했다.

"야, 인마. 내가 너보다 더 크니까 당연히 괜찮지."

민수가 뒤에서 나를 끌어안으며 들어 올렸다. 대답은 씩씩하게 했지만 힘에 부치는지 한참을 끙끙거렸다. 숨을 몰아쉬며 간신히 나를 지게에 앉히고는 혹시나 뒤로 넘어질까 봐 걱정되었는지, 계속해서 등을 받쳐 주었다.

"끄응."

형이 지게 무게 중심을 잡느라 휘청거리며 안간힘을 썼다. 전에는 철규 형 어깨에 훈장처럼 박인 단단한 굳은살이 안쓰러웠다. 하지만 지금은 그 어떤 순간보다 든든하고 멋져 보였다.

'나를 위해 이렇게나 애써 주다니……'

고마운 마음이 가득했다. 어렵게 산길을 내려오는 동안 나는 형의 땀 냄새를 흠뻑 맡았다. 그 냄새는 향기로웠다. 사람을 민는다는 것이 얼마나 기분 좋은 일인지 온몸으로 느낄 수 있었다.

"어, 저기 우리 부대가 보여."

어느 순간 흥분한 민수 목소리가 들렸다. 눈을 크게 떴다. 민수가 가리키는 손끝에 부대가 아주 조그맣게 보였다.

"야, 민수야. 니는 언능 가서 의무병이 있는 디를 찾아봐라잉."

형이 거친 숨을 내뱉으며 말했다.

"알았어."

민수가 부대를 향해 쏜살같이 달려 나갔다. 산에서 급하게 내려오느라 다리에 힘이 빠질 법도 한데, 의무대 막사까지 쉬지 않고 뛰어갔다. 나는 지게를 양손으로 꼭 붙잡고 바닥으로 떨어지지 않으려 무던히 애를 썼다.

부대에 도착해 아저씨들의 부축을 받으며 의무 막사로 들어갔다. 다친 사람들이 발 디딜 틈 없이 꽉 들어차 있었다. 머리에 붕대를 친친 감은 사람, 어깨를 다친 사람, 팔과 다리에 큰 상처를 입은 사람들이 고통스러운 신음을 냈다.

의무병이 내게로 다가와 상태를 살폈다. 다친 곳을 세심하게 들여다보더니 이번에는 상처에 손을 댔다. 얼마나 다쳤는지 확인하려는 것 같았다.

"으으으으아악!"

입에서 저절로 외마디 소리가 튀어나왔다. 의무병이 손을 떼며 말했다.

"가슴 아래 왼쪽 옆구리에 파편이 박혔어. 파편이 몸속에서 돌아다니면 큰일이야. 최대한 빨리 제거해야 해."

"어떻게 해. 진구야, 이거라도 물고 버텨 봐."

민수가 울상을 지으며 하얀 붕대를 여러 개 뭉쳐 내 입에 밀어 넣었다.

"으으으……."

"여기 야전병원으로 후송!"

의무병이 저 멀리 누군가를 향해 소리치자 종이에 무언가를 적고 있던 군인이 뛰어왔다. 야전병원으로 가야 할 사람들 이름을 적는 것 같았다. 후송을 기다리는 동안 차가운 바닥에 누워 있는데, 자꾸만 눈이 감겼다. 기억이 잘 나지 않는 걸 보면 여러 번 정신을 잃은 것 같다.

이번 기습공격으로 지게 부대는 큰 타격을 입었다. 단 하루 만에 이곳 소이산에서 누군가는 죽고, 누군가는 살아남은 슬픔을 겪었다. 불쑥, 한 달 전 복사골에서 유엔군 트럭을 타고 이곳으로 끌려오던 날이 떠올랐다.

2. 기브 미 초콜릿

한 달 전, 1952년 7월

전쟁이 벌어져 세상이 뒤숭숭하지만 내 고향 복사골은 여느 때와 다름없이 평온했다. 그날도 아침을 먹고 봉당마루에 누워 편안하게 쉬고 있을 때였다. 햇볕은 따가웠고 뒷마당 감나무에 매달린 매미는 짝을 찾느라 쉬지 않고 맴맴 울었다. 동네 아이들이 웅성거리며 우리 집 마당으로 몰려들면서 앞마당이 왁자지껄했다.

"진구 형아! 놀러 가자."

새벽부터 밭에 나가 일하고 왔기 때문에 편히 쉬고 싶었다. 나는 목소리를 높여 아이들에게 통을 놓았다.

"조용히 말할 때 너희끼리 나가 놀아라."

아이들은 큰 호령에도 아랑곳하지 않고 가까이 다가오더니 나를 에워쌌다.

"형아! 지금 이럴 때가 아니야. 순구가 민수 형 데리러 갔어. 물속에서 숨 오래 참기 대장이 둘 중 누군지 우리가 내기했거든."

"뭐야? 요 꼬맹이들이 누구 맘대로 내기야. 까불고 있네."

내가 벌떡 일어서자, 아이들이 초롱초롱한 눈으로 나를 쳐다보았다.

"그러니까 오늘 확실히 보여 줘. 누가 센지."

아이들 중 대장 격인 만식이가 배를 내밀며 허리춤에 양손을 올렸다.

"어라, 이 녀석들이?"

"그러니까 빨리 보여 달라고."

옆에 있던 아이들이 만식이 말에 맞장구쳤다.

"요 녀석들이 어디서 행패를 부리냐. 저리들 가."

"형아, 맨날 말로만 제일 세다고 하지 말고, 민수 형을 한 방에 이겨 버리면 되잖아."

이대로 가만히 있다가는 만식이와 조무래기 아이들이 계속해서 귀찮게 할 것 같았다.

"어휴, 그래 알았어. 내가 이참에 아주 본때를 보여 줘야겠다. 다들 따라와."

등쌀에 못 이기는 척 신발을 꿰어 신고 마당을 가로질러 싸리문을 나섰다.

"우아! 진구 형아 나간다."

아이들 환호 소리에 민수, 순구가 뛰어오는 소리까지 더해져 집 앞이 시끌벅적했다. 아이들은 무리 지어 굽이굽이 흐르는 하천을 향해 신나게 뛰어갔다.

우리는 한여름 태양이 뜨겁게 내리쬐는 땡볕 아래에서 풍덩풍덩 물장구를 치며 한참을 놀았다. 더위가 가실 무렵, 나는 꼬맹이들이 궁금해하던 숨 오래 참기 잠수를 시작했다.

"하나, 둘, 어푸, 어푸!"

연습 삼아 물속에 머리를 넣고 숨을 참고 있으니 물 밖에 있는 아이들 소리가 웅얼웅얼 옹알이처럼 들렸다. 한참 후에 물 밖으로 고개를 내밀고 참았던 숨을 '푸' 하고 길게 내쉬었다. 아이들은 누가 이길지 궁금해하며 눈을 떼지 못했다.

민수랑 나는 서로 쳐다보며 신호에 맞춰 크게 숨을 들이마신 다음 동시에 물속으로 들어갔다. 이제부터 숨을 꾹 참고 있어야 한다. 누가 숨을 가장 오래 참는지, 본때를 보여 줄 거다.

시간이 한참 지났다. 더는 참을 수 없을 만큼 가슴이 갑갑해질 즈음, 누군가 내 팔을 잡아당겼다. 이건 분명 물 밖으로 나오라는 신호다. 오랫동안 참았던 숨을 '파~' 하고, 길게 소리 내며 허공에 대고 내뱉었다. 머리에서 얼굴로 줄줄 흘러내리는 물을 손등으로 부지런히 밀어내며 눈을 크게 뜨고 주위를 둘러보았다. 물속에 있는 사람은 아무도 없었다. 역시 내가 일등이다. 주먹 쥔 양팔을 위로 번쩍 들어 올렸다.

"와, 이겼다. 헉, 헉."

아이들의 표정은 정말 제각각이었다. 웃는 얼굴부터 불만스럽다는 듯 입을 내밀거나 찡그린 얼굴까지.

"또 진구 형이야?"

"하하하, 봤지? 내가 분명히 숨 참기 대장이다."

동네 아이들과 신나게 노는 것이 하루 중 가장 재밌는 일이다. 우리는 세상을 다 가진 기분에 동네가 떠나가라 크게 웃고 떠들었다.

그때였다. 마을 어귀부터 요란한 엔진 소리가 들렸다. 유엔 마크가 붙은 군용 트럭 두 대가 마을을 가로질러 왔다. 동네 아이들이 그 소리를 따라 한 방향으로 고개를 쪼르르 돌렸다. 가끔 군수물자를 실은 트럭이 마을을 통과해 북쪽으로 올라가는 경우가 있는데 그때라야 우리나라가 전쟁 중이라는 사실을 느낄 수 있었다. 나는 이상한 호기심과 두려움에 사로잡혔다.

두어 달 전에 트럭을 타고 지나가던 군인이 초콜릿을 나눠 준 적이 있어, 아이들은 이번에도 "쪼꼬릿!"을 외치며 앞다투어 트럭을 쫓아갔다. 나는 눈짓으로 민수와 신호를 주고받은 뒤 동네 아이들을 뒤쫓아 빠르게 달려 나갔다. 먼저 출발한 꼬마들이 앞서 있다가 하나둘씩 뒤로 멀어졌다.

"반칙, 반칙. 우린 아직 다리가 짧단 말이야."

뒤에서 소리치는 녀석들 목소리가 모이고 모여 점점 크게 들렸다.

덜컹거리며 달리던 트럭이 천천히 속도를 줄이며 멈춰 섰다. 곧이어 덜덜거리던 엔진 시동이 툭 소리를 내며 꺼졌다. 트럭 위에 있던 군인이 자신들을 향해 달려오는 아이들을 여유롭게 내려다보고 있었다. 나는 초콜릿 얻어먹을 요량에 숨을 참고 전력으로 달렸다. 민수가 바로 뒤에 따라왔다.

"달리기도 일등!"

내가 소리치며 민수 목을 휘어 감자, 녀석이 허리를 젖히며 깔깔 웃었다. 그 뒤로 줄지어 꼬마 녀석들이 숨을 할딱거리며 쫓아왔다. 멀리서 뛰어오던 아이들이 모두 모여들자 미군 한 명이 트럭에서 뛰어내리며 소리쳤다.

"초콜릿?"

병사가 네모난 상자에서 초콜릿을 꺼내 보여 주자, 아이들이 양손을 펴고 달려들었다.

"쪼꼬릿 주세요."

"기브 미 쪼꼬릿."

얼굴이 하얀 미군은 아이들의 성화에도 불구하고, 초콜릿을 못 받은 아이가 있는지 이리저리 살피며 천천히 나눠 주었다. 좋은 사람인 듯했다. 아이들은 그 자리에서 초콜릿을 오독오독

씹어 먹었다.

달콤함이 입안에 가득했다. 세상에 이렇게 부드러운 것이 있을까. 감탄이 절로 나왔다. 우리 모습을 유심히 보고 있던 군인 몇몇이 하얀 이를 드러내며 히죽거렸다. 나는 그 모습이 거슬렸지만, 초콜릿을 먹는 데 정신이 팔려 크게 신경 쓰지 않았다.

그때, 직급이 높아 보이는 한 장교가 무표정한 얼굴로 나와 민수를 손가락으로 가리켰다.

"투!"

나는 초콜릿을 깨문 채 눈을 동그랗게 떴다. 군인들이 뭐라 뭐라 알아들을 수 없는 말을 주고받았다. 긴장한 채 그들을 쳐다보는데, 자기들끼리 하는 말에 왠지 불길함을 느꼈다. 트럭 위에 있던 군인이 민수에게 불쑥 손을 내밀자 민수는 흥분한 얼굴로 군인과 나를 번갈아 보았다.

"진구야, 우리를 트럭에 태워 주겠다는 건가 봐."

"뭐라고?"

신이 난 민수와 달리 나는 석연치 않은 예감이 들었다.

"지난번에는 졸랐는데도 태워 주지 않았잖아."

민수는 내 말에 아랑곳하지 않고 병사가 내민 손을 덥석 잡았다. 민수 몸이 트럭 한쪽 귀퉁이를 발로 밟고 허공으로 떠오르는 듯하더니, 그대로 트럭 위로 가뿐하게 올라갔다. 아는 사람이 실제로 트럭에 탄 모습을 보는 것은 처음이었다. 호기심이 훅 올라왔다. 나도 트럭 위로 올라가 보고 싶었다. 때마침 다른 군인이 내게도 손을 내밀었다. 문득, 그 손을 잡아야 하나 말아야 하나 고민되었다. 아이들은 부러워 어쩔 줄 몰라 했다. 민수가 트럭 위에서 나에게 말했다.

"와, 좋다. 너도 어서 올라와 봐! 군인들이 초콜릿을 더 주려는 것 같아."

눈치를 보던 병사 하나가 내 옆으로 천천히 다가오더니 어깨동무를 했다. 나는 당황스러웠다. 갑자기 친한 척하는 병사는 내게 트럭 위로 올라가라고 손짓했고, 얼굴이 까만 다른 군인은 내 반응이 궁금하다는 듯 힐끔거리며 쳐다보고 있었다.

민수에게 초콜릿을 주던 군인이 내 손에도 초콜릿과 사탕을 듬뿍 올려 주었다.

"우아, 진구 형 좋겠다."

가만히 쳐다보던 아이들이 환호성을 질렀다. 그 순간 나도 모르게 들떠 버리고 말았다. 손에 올려진 묵직한 초콜릿을 보자,

트럭에 오를지 말지 고민하던 망설임은 온데간데없이 사라져 버렸다. 민수가 트럭 위로 올라오라며 손을 내밀었다.

유혹을 뿌리칠 수 없었다. 오히려 그 위 상황이 점점 궁금해졌다. 나는 민수 손을 꽉 부여잡고 트럭 위로 후다닥 올라섰다.

"와아!"

트럭 위에서 아이들을 내려다보았다. 기분이 묘했다. 부러워서 어쩔 줄 모르는 아이들 모습에 어깨까지 으쓱해졌다. 민수와 나는 마주 보며 낄낄 웃었다.

그때였다. 장교가 휘이익, 하고 휘파람을 크게 불었다. 그 소리를 들은 운전병이 갑자기 무슨 신호라도 받은 양, 트럭에 시동을 걸었다.

부릉, 부르릉~

엔진 소리가 크게 나자 갑자기 순구가 조급하게 나를 부르며 안절부절못했다.

"나도 태워 줘. 나도 올라가고 싶단 말이야."

발까지 동동 구르는 순구를 내려다보는데 속이 울렁거렸다.

'우리가 내리지 않았는데 시동을 켜다니. 무슨 일이지? 트럭을 태워 주려는 걸까?'

"형아, 나도 태워 달라고."

순구는 자꾸만 조르는데 나는 순간 공포심이 들었다.

"여기에 타면 안 돼!"

나는 단호하게 소리쳤다.

"……"

순구는 놀란 표정으로 아무 말도 하지 못했다. 분명 내 눈에 가득 찬 두려움을 보았을 것이다. 고개를 돌려 민수를 보니, 초콜릿과 사탕을 양손에 쥔 채 여전히 신바람이 나 있었다. 갑자기 머리가 띵하면서 현기증이 느껴졌다. 트럭에서 빨리 내려야 한다는 생각이 가득했다. 황급히 민수에게 말했다.

"야, 우리 내려야 할 것 같아."

내 말을 못 들었는지 아니면 듣고도 못 들은 척하는 건지, 민수는 아무런 반응이 없었다. 그저 잔뜩 신이 나 있었다. 트럭에서는 조금 더 거칠고 둔탁한 소리가 났다.

크르릉, 크르릉.

마치 무서운 맹수가 먹잇감을 보고 흥분을 참지 못하는 소리 같았다.

"야, 빨리 내려!"

이대로 있으면 안 될 것 같아 크게 소리를 질렀다.

"민수야, 내리라고!"

나는 초콜릿을 내던지며 트럭 아래로 뛰어내렸다. 민수가 초콜릿을 입에 문 채 놀란 표정으로 바라보았다. 군인들이 나를 무섭게 노려보고 있었다. 낯빛이 붉으락푸르락 변해 버린 군인들이 민수의 양쪽 어깨를 꽉 붙들고는 트럭 바닥에 거칠게 눌러 댔다.

"아아, 악! 아파요, 아파."

아프다고 비명을 지르는데도 군인들은 꿈쩍하지 않았다. 트럭 아래로 뛰어내린 나를 비롯해 그 모습을 보고 있던 아이들의 눈이 휘둥그레졌고 모두 그 자리에 꽁꽁 얼어붙었다.

부르르르릉.

트럭 엔진 소리에 금방이라도 깨져 버릴 듯 팽팽한 침묵이 흘렀다. 그대로 있으면 군인들이 민수를 태우고 어디론가 가 버릴 것이다. 나는 군인들을 향해 악다구니를 썼다.

"놔 줘요. 내 친구 놔 주라고요!"

"민수 형 놔 줘요!"

아이들이 함께 대거리하자 당황한 군인들은 서로 눈짓을 주고받더니 민수 어깨를 더욱 세게 누르며 제압했다.

"아야, 아파. 이거 놔요."

입가에 초콜릿을 잔뜩 묻힌 민수가 아프다며 사정했다. 아이들도 잇달아 아우성을 쳤다.

"민수, 놔 주라고요."

나는 민수 등을 꽉 누르고 있는 군인의 팔을 붙잡고 트럭에 매달렸다. 군인이 차갑게 째려보며 아주 험상궂은 표정을 지었다. 그래도 머릿속에는 민수를 트럭에서 내리게 해야겠다는 생각뿐이었다. 어금니가 부서지도록 이를 꽉 깨물고, 군인의 겉옷을 잡은 후 거칠게 흔들어 댔다. 군인이 무섭게 인상을 쓰며 내 팔을 세게 내리쳤다.

"으아아악"

얼마나 아픈지 온몸이 움찔했다. 혼자 힘으로 어른을 이겨 내는 건 역부족이었다.

"징용."

트럭에 타고 있던 하얀 얼굴의 병사가 소리쳤다.

"뭐라고? 징용?"

내 귀를 의심했다.

"말도 안 돼!"

우리는 겨우 열다섯 살이었다. 징용이라면 적어도 스무 살은 되어야 하지 않을까. 지휘관인가 싶은 장교가 알아들을 수 없는 말로 군인들에게 뭐라 뭐라 지시했다. 얼굴이 하얀 군인 둘이 트럭에서 뛰어내리더니, 우악스럽게 내 팔과 겨드랑이를 동시에 낚아챘다. 얼떨결에 붙들린 나는 제대로 저항도 하지 못한 채 공중에 뜬 다리만 버둥거렸다.

"으아아앙."

놀란 아이들이 여기저기에서 울음을 터트렸다.

"아니라고, 우린 징용 갈 나이가 아니라고!"

나는 목청이 터지도록 외쳤다. 아이들의 울음소리와 고함치는 소리가 뒤섞여 난장판이 되었다. 우리 말을 들어주는 군인은 없었다. 아니, 일부러 못 들은 척했다. 머릿속이 하얗게 변했고 등에서는 식은땀이 흘렀다.

그때, 트럭이 덜컹거리면서 몸이 한쪽으로 나동그라졌다. 민수가 또다시 소리를 질렀다.

"내려 줘, 내려 달란 말이야!"

우리가 크게 발악할수록 군인들은 팔과 어깨를 더 꽉 누르고 바닥으로 얼굴을 처박았다. 트럭은 덜덜거리며 속도를 점점 높이더니, 아무 일 없다는 듯 마을을 가로질러 갔다.

"혀, 형아. 안 돼."

순구 목소리에 정신을 차리고 고개를 들었다. 동생이 나를 애타게 부르며 뛰어오고 있었다. 순구가 울부짖는 소리에 나도 소리를 돋우어 악을 썼다.

"순구야, 순구야!"

동생이 트럭을 쫓아 죽을 힘을 다해 뛰어왔다. 눈물이 폭발하듯 터져 버렸다.

"엉엉엉……."

그 뒤로 다른 아이들도 달려왔지만 트럭을 따라오진 못했다. 하나둘씩 땅으로 엎어지며 점점 멀어졌다. 트럭이 동네 어귀 내리막길에 다다르자, 끝까지 따라오던 순구가 달리던 속도를 이기지 못하고 그만 앞으로 고꾸라졌다. 데굴데굴 구르던 자리를 박차고 벌떡 일어나 다시 뛰어왔다. 무릎에서 빨간 피가 주르륵 흐르고 있었다. 어떻게든 트럭에서 뛰어내리고 싶은데, 군인들이 나를 옴짝달싹하지 못하게 양쪽에서 꽉 붙들고 있었다. 도저히 내 힘으론 벗어나는 것이 불가능하다는 사실을 깨닫고 순구를 향해 크게 소리쳤다.

"어머니 잘 보살펴 드려. 형아 걱정하지 말고!"

내 말을 알아들었는지 순구가 큰 소리로 대답했다.

"빨리 와. 빨리 돌! 아! 와!"

달리는 트럭의 소음에 순구 목소리가 묻히다가 점점 사라졌다. 동생은 트럭이 가는 길이 내려다보이는 언덕배기 느티나무 아래 오래도록 서 있었다. 거리가 점점 멀어지면서 마치 키 작은 나무 같아 보였다.

군인들에게 끌려간 사실을 어머니가 알면 어떤 심정이실까. 애간장이 녹아내릴 게 뻔하다. 어머니 곁을 이렇게 말도 없이 떠나다니, 한 번도 상상하지 못한 일이었다. 그냥 집에 있을걸, 괜히 냇가에 놀러 나왔다는 후회가 들었다. 평소처럼 어머니를 도우며 밭에 종일 머물렀더라면 아무 일도 일어나지 않았을 텐데. 이제는 아무리 돌이켜 봐도 소용이 없었다.

트럭이 산모퉁이를 휘돌자마자 마을이 한순간에 눈앞에서 사라졌다.

3. 전쟁 속으로

우리는 거칠게 흔들리는 트럭 밖을 내다보며 그저 불안에 떨고 있었다.

"밭에 새참 내갈 시간인데. 아버지, 우리 아버지는 나 없이 어쩌냐."

울상을 짓던 민수가 급기야 울음을 터트렸다.

"진구야, 미안해. 아까 네가 도망치라고 소리쳤는데……. 나 때문에 너까지 이렇게 됐어."

나는 한참 동안 입을 꾹 다물고 아무 말도 하지 않았다. 혹시라도 옆에 있는 군인이 내 말을 알아들을까 걱정되었다.

"기회를 봐서 얼른 도망치자."

조용히 민수에게 속삭였다.

"그래, 알았어."

앞에 마주해 있던 군인이 우리를 향해 조용히 하라는 듯 손가락을 입술에 가져다 댔다. 심장이 쿵쾅거리고 불안이 최고조에 달했다. 어디로 끌려가는 걸까. 두려움에 몸이 덜덜 떨렸다.

도망 계획을 눈치챈 것인지 군인들은 우리를 계속 쳐다보았고 감시는 더욱 삼엄해졌다. 달리는 트럭에서 뛰어내리려고 기회를 엿보았지만 상황은 호락호락하지 않았다. 나는 무릎을 감싸안고 고개를 숙였다. 그때 눈앞에 떠오른 말끔한 얼굴 하나. 윗마을에 사는 재구 형이었다. 몇 달 전, 트럭을 타고 어디론가 떠난 후 소식이 완전히 끊겼다. 형의 부모님은 말할 수 없이 슬퍼했으며 마을 사람들도 안타까워했다. 형은 구릿빛 얼굴과 밤톨처럼 깎은 둥그런 머리부터 발끝까지, 어디 하나 흠잡을 데 없이 잘생겼고 멋쟁이라 인기가 많았다.

평소 윗마을 형들이 학교에 가려면 우리 아랫마을 개울을 따라 한참을 돌아가야 했다. 인두로 교복을 쫙쫙 다려 입은 재구 형이 마을 개울을 지날 때면, 살금살금 그 뒤를 따르는 옆 마을 누나들이 하나둘 보였다. 오른쪽으로 깔끔하게 빗어넘긴 머리를 검은색 실핀으로 곱게 정돈한 단발머리 누나들이었다. 커다란 나무 뒤에 몸을 숨겼지만 반쯤 옆으로 튀어나와 눈에 아주 잘 띄었다. 형이 고개를 돌려 뒤돌아보면 갑자기 터져 나오는 누나들 탄성에 우리가 더 놀랐다.

"엄마야. 재구가 날 쳐다본 거 같아."

"야, 너 지금 뭐라고 했냐? 네가 아니라 날 본 거겠지."

고개 숙인 누나들이 뒤돌아서서 속닥거리며 웃었다.

"진구, 민수는 학교 안 가고 거기서 뭐 해?"

재구 형 목소리에 누나들이 깜짝 놀라 동그랗게 토끼 눈을 떴다.

"너희들, 자꾸 장난치고 까불면 혼난다."

형은 장난스럽게 킥킥거리는 우리를 향해 일부러 크게 말했다. 그제야 자기들을 쳐다본 게 아니라는 것을 알아챈 누나들은 김칫국을 제대로 뒤집어쓴 것마냥 새빨간 얼굴로 어디론가 뛰어갔다. 우리는 그 모습을 보고 있다가 배꼽을 잡고 웃었다.

왜 지금, 사라져 버린 재구 형이 떠오르는 걸까. 숨을 참고 눈을 질끈 감았다. 코끝이 시큰해지고 눈물이 났다. 우리도 트럭을 타고 어디론가 끌려가고 있다. 어떻게 해야 할지 몰랐다. 그저 슬프고 무섭고 두려웠다.

덜컹거리는 트럭 뒤편으로 태양이 뉘엿뉘엿 넘어가며 들판을 물들이고 있었다. 산도 들도 복사골과는 확연히 달랐고, 하늘에 번지는 노을은 집 마당에서 보는 노랗고 빨갛게 퍼져 가던 멋진 금빛 노을이 아니었다. 달리던 트럭이 핏빛으로 물들고, 창백하던 민수 얼굴도 온통 새빨갛게 물들어 버렸다.

어떻게든 탈출하고 싶은데, 군인들이 양옆에 바짝 붙어 있어 마음대로 움직일 수조차 없었다. 달리는 길가의 산과 들은 전부 낯선 풍경이었고 전쟁으로 엉망진창이 된 마을을 지나갈 때는 급격히 울적해졌다. 눈을 씻고 쳐다봐도 사람 그림자 하나 보이지 않았다. 모두 어디로 사라진 걸까. 우리 마을도 이렇게 당하면 어쩌나 하는 걱정이 태산처럼 밀려왔다.

트럭이 다시 울퉁불퉁한 산길로 접어들면서 엉덩이가 쿵더쿵, 쉴 새 없이 방아를 찧었다. 하늘에 닿을 듯 쭉쭉 키가 커 버린 포플러 나뭇가지들이 트럭을 스치며 스르륵스르륵 슬픈 소리를 냈다. 산이 깊어지자 길 양쪽으로 눈에 익은 잎사귀들이 보였다. 달려온 시간만큼이나 긴 하루가 저물고 있었다. 해가 넘어가는 방향을 보니 북쪽으로 올라왔다는 것을 가늠해 볼 수 있었다.

트럭이 점차 속도를 줄이더니, 얼마 가지 않아 엔진 소리가 툭 하고 끊어졌다. 트럭이 멈추자 옆자리에 앉아 있던 군인들이 자연스럽게 일어나 한 명씩 줄지어 내렸다. 마지막으로 내리던 병사가 우리 어깨를 툭 치며 손짓했다. 내리라는 신호였다. 엉거주춤 병사를 따라 내린 곳은 산으로 빙 둘러싸인 깊은 골짜기였다. 한숨이 나왔다.

"휴……."

"진구야, 얼마나 온 거 같아?"

한껏 긴장한 민수가 입을 뗐다.

"점심 지나서부터 지금까지 달렸으니 한참 온 것 같아."

"인제 어떻게 되는 거야?"

민수가 걱정스럽게 말했다.

"그러게……."

심장이 벌렁거리고 다리가 후들거렸다. 군인들이 손가락으로 신호를 주었고, 우리는 그 뒤를 천천히 따라갔다. 산속 어딘가로 통하는 구불구불한 길이 보였다. 오솔길을 걸어 낮은 언덕을 하나 넘고 나니, 그 아래로 편평하게 펼쳐진 야영지가 눈에 들어왔다. 한눈에 봐도 규모가 꽤 큰 부대였다. 겉으로 볼 때와 달랐다. 산속에 이렇게 넓은 공간이 숨겨져 있을 거라고는 예상하지 못했다. 아래쪽으로 막사가 길게 늘어서 있었다.

우리는 총을 멘 채 경계를 서는 군인들 사이를 지나 넓은 공터로 들어섰다. 멀지 않은 곳에 한 무리의 사람들이 보였다. 그중에는 군복을 입지 않은 사람들이 더러 있는데 민간인 같았다. 족히 백여 명은 넘어 보였다. 낯선 곳, 낯선 사람, 낯선 풍경에 그만 넋이 빠져 버리고 말았다.

사람들이 모여 있는 공터에 다다를 무렵, 우리와 함께 있던 장교가 큰 소리로 누군가를 불렀다.

"김 하사."

이름 불린 군인이 상기된 얼굴로 숨이 가쁘게 뛰어왔다. 트럭을 인솔해 온 하얀 얼굴의 장교가 그에게 중요한 이야기를 하는 듯 보였다.

'이곳을 어떻게 벗어날 수 있을까?'

나는 기회를 노리며 눈치를 보았다. 혹시 김 하사라는 이 군인이 우리를 도와줄 수 있을까 은근히 기대하면서…….

미군 장교가 자리를 떠나자 천천히 그에게 다가갔다.

"여기가 어디예요?"

"강원도 철원이다."

김 하사는 귀찮다는 듯 말했다.

"저 군인들이 무슨 말을 쓰는 거예요?"

"그건 영어다. 우리는 한국말로 말하지."

나는 알아들었다는 표정으로 고개를 살짝 끄덕였다. 그러고는 숨을 한 번 들이켠 뒤 용기 내어, 하고 싶은 말을 단숨에 내뱉었다.

"저희 좀 집으로 보내 주세요."

민수에게 눈짓하자 바짝 다가와 우는소리로 말했다.

"뭔가 잘못됐어요. 우리는 아직 징용 올 나이가 아니란 말이에요. 이제 열다섯 살인데요. 어서 집으로 보내 주세요. 부모님이 걱정하실 거라고요."

내가 김 하사의 팔을 잡고 필사적으로 매달리자, 그의 눈빛이 아주 매섭게 변했다.

"누구도 예외는 없다. 전쟁이 끝나야 집으로 돌아갈 수 있어."

김 하사는 손을 뿌리치며 무덤덤하고 차갑게 대했다.

"여기서 도망치다가 잡히면 그때는 총살이야."

소름 끼치는 말에 섬뜩해졌다. 도와줄 수 없다는 말이 이렇게 무서울 수가 있을까. 사방이 꽉 막혀서 뭔가 쪼그라드는 느낌이었다. 나는 있는 대로 주눅이 들어 버렸다.

김 하사는 차가운 눈빛으로 따라오라고 턱짓을 했다. 우리는 차마 더는 말하지 못하고 끌려가듯 그 뒤를 따랐다.

몇 개의 건물을 지나 어느 막사 안으로 들어서자 스무 명이 넘는 사람들이 둥글게 모여 앉아 있었다. 김 하사는 그중 한 남자를 향해 걸어갔다.

"철규야, 부탁 좀 하자. 이 아이들, 옆에 두고 잘 가르쳐라."

"예, 김 하사님!"

철규라는 사람이 커다란 눈을 껌뻑거리며 우리를 찬찬히 쳐다보았다. 할 말을 마친 김 하사는 뒤도 돌아보지 않고 막사를 나갔다.

"느그들, 시방 몇 살 묵었냐?"

처음 들어 보는 투박하고 낯선 사투리에 민수가 소심하게 대답했다.

"열다섯 살이요."

"아이고메, 내 동상이랑 동갑이구만. 어치게 여그까지 와 부렀데아."

얼굴에 안타깝다는 표정이 떠올랐다.

"집에 돌아가야 해요. 어머니한테 아무 말도 하지 못했는데 무작정 끌려왔어요."

내가 기회는 이때다 싶어 단호하게 말했다.

"그려, 그라제."

그가 내 말을 이해한다는 표정을 지으며 고개를 끄덕였다.

"근디 말이여, 내가 스물한 살잉께 앞으로 성이라고 불러라, 잉."

내가 한 말에는 대꾸하지도 않고 서둘러 자기 이야기를 시작했다.

"나는 전남 영암군 금정에서 왔는디. 내 고향은 뱅뱅이골이여."

안쓰럽다는 듯 우리를 번갈아 보며 말을 이었다.

"애들이 강단져 보잉게 데리고 왔나 벼. 그래도 그렇제. 아직 어린디. 쯧쯧."

혼잣말을 하면서 뭔가에 골몰해 있었다. 민수가 바짝 달라붙더니 속삭이듯 말했다.

"냇가에서 놀다가 끌려왔어요. 아버지가 많이 걱정하실 텐데……."

"아이고메."

형이 고개를 좌우로 흔들며 혀를 끌끌 찼다.

"집에 가야 해요. 아버지가 저만 기다리고 있단 말이에요."

"어찌면 좋데아."

형이 안쓰러워하는 얼굴로 자꾸 응대해 주자 민수가 더 서글퍼했다. 주위에 모여든 어른들이 혀를 차며 안됐다는 표정을 지었다. 그들이 해 줄 수 있는 것은 아무것도 없었다. 다들 착잡한 표정만 지을 뿐이었다.

'어서, 집으로 돌아가야 하는데……. 아버지, 저 좀 살려 주세요.'

어릴 적 돌아가신 아버지가 불쑥 떠올랐다. 속으로 간절히 불렀다. 이렇게 애타게 불러 본 적이 있을까. 일찍 돌아가신 아버지에 대한 기억이 많지는 않다. 그런데 나도 모르게 내 몸 어딘가에 새겨져 있던, 아버지와 함께한 순간들이 번뜩 스쳐 지나갔다. 아버지 등에 업혀 다리를 달랑달랑 흔들던 추억이었다.

나의 아버지. 어두운 밤, 장에 갔다가 도깨비 산을 지나오던 길목. 나를 등에 업고 무서운 도깨비 이야기를 들려주었다. 착하게 살면 도깨비가 사람을 도와준다고 했지. 그때는 아버지의 모든 말이 사실로 여겨졌다. 분명 그랬는데 지금은 아니다.

전쟁 속에서 군인은 다른 사람으로 보였다. 말과 피부색이 다른 유엔군은 더욱 그랬다. 그들은 어쩌면 흉측한 도깨비일까, 아니면 서로 싸우고 죽이는 전쟁 때문에 그렇게 보이는 걸까. 아무튼, 전쟁은 도깨비들이 뿔이 툭툭 튀어나온 방망이를 마구잡이로 흔들어 대는 무법천지였다. 내가 어쩌다가 이런 상황에 놓인 건지 도무지 알 수가 없었다. 입이 바짝바짝 말랐다.

"정신을 쎄게 다잡어야 집으로 돌아갈 수 있당께."

우울해하는 민수와 나를 보면서 철규 형이 위로했다.

"이곳에 온 사람들은 사실 총만 들지 않았제, 군인만큼이나 위험한 생활을 하고 있제. 느그들은 내 옆에 뽀짝 붙어 있어라이."

따뜻한 말과 함께 형이 바짝 다가와 두툼한 손으로 등을 토 닥여 주었다.

"어디서 어리디어린 천둥벌거숭이들을 주워 왔구먼."

뒤에서 걸걸한 목소리가 들렸다. 나이 많은 아저씨였다. 부대 원으로 활동하는 아저씨 말투는 매우 투박했지만, 우리에게 인 자한 표정을 지어 주었다.

여러 사람의 도움 덕분에 막사 한 귀퉁이에 지친 몸을 뉠 수 있었다. 고향을 떠나 이렇게 낯선 곳까지 오게 된 것은 생전 처 음이었다.

'어떻게 하면 이곳을 빠져나갈 수 있을까.'

"코르릉, 코릉."

민수는 피곤했는지 침상에 모로 누운 채 코를 골 정도로 녹 아떨어졌다. 잠든 친구를 보니 더 심란해져 쉽게 잠들지 못했 다. 새벽녘이 되어서야 선잠에 빠졌는데, 깊은 산속을 끝없이 헤매고 다니는 어지러운 꿈을 꾸었다.

4. 실패한 탈영

1952년, 가을

한 계절이 훌쩍 지나며 지게 부대에 조금씩 적응해 갔다. 어느새 짙어 가는 단풍을 보자 복사골이 생각났다. 가을은 일 년 중 가장 바쁜 계절이다. 한여름을 지난 벼가 황금빛으로 누렇게 익으면 추수할 때가 금방 다가왔다. 그때가 되면 마을 사람들이 논에서 일하는 모습을 어디에서나 볼 수 있다. 나락을 털고 난 들에서 이삭을 줍고, 논의 가장자리에 고인 물길을 따라

미꾸라지를 잡는 재미로 하루하루 보내던 날들이 아스라이 떠올랐다. 지금쯤 고향 마을은 일손이 부족해 무척 바쁠 것이다.

옆 막사에 우리 또래 소년이 들어왔다는 소문이 들렸다. 이름은 '남서준'이라고 했다. 나는 얼마 뒤 그를 단번에 알아볼 수 있었다. 막사에서 자잘한 심부름을 하면서 부대 여기저기를 왔다 갔다 하는 소년이었다. 옆 막사에서 지게 부대원 아저씨들이 "서준아!" 하고 크게 부르는 소리가 종종 들렸다. 얼핏 보면 우리보다 두세 살은 많아 보이는 남서준은 꽤 큰 키에 넓은 어깨를 가졌다. 나중에 들어 보니 우리와 나이가 동갑이란다.

어느 날, 서준이가 우리 막사에 고개를 쑥 들이밀었다.

"너희도 열다섯 살이라며?"

"어?"

갑자기 말을 걸어오는 바람에 어리벙벙했다.

"그래."

"너희는 어디서 왔니?"

내가 머뭇거리는 사이 민수가 재빨리 대화에 끼어들었다.

"고향은 경기도 이천, 장호원이라는 곳."

남서준은 고개를 갸웃거렸다. 경기도가 워낙 넓으니 어디쯤

인지 가늠하기 어려울 것 같았다.

"난 말이야. 여기 오기 전에 남대문 근처에 살았어."

"거기가 어디야?"

우리는 남대문이 어딘지 몰랐다. 남서준이 턱을 치켜들면서 가볍게 말했다.

"아, 서울이야. 사대문 중에 하나지."

"사대문?"

"응, 동대문(흥인지문), 서대문(돈의문), 남대문(숭례문), 북대문(숙정문) 이렇게 네 개가 서울의 사대문이야. 그 안에 옛날 임금이 살던 한양이 있고."

"어어, 그래. 책에서 본 것 같다."

서준이 말을 들으니 갑자기 사대문 안에 사는 사람들이 궁금했다. 동서남북으로 문을 달아 둔 것도 재미있고, 우리나라 수도인 서울에 사는 사람을 만나게 된 것이 신기했다. 서준이는 서글서글한 성격이었다. 얼마 지나지 않아, 지게 부대원 아저씨들뿐 아니라 군인들까지 남서준을 찾았다. 녀석은 일을 시키면 야무지게 처리했다. 게다가 농사일을 하는 우리보다 더 힘을 잘 썼다. 그래서인지 어른들이 일 시키기를 좋아했고, 서준이는 맡은 일을 가리지 않고 잘 해냈다.

"어떻게 그렇게 힘이 센 거야?"

어느 날, 민수가 부러운 듯 물었다.

"힘쓰는 일을 하니까 더 힘이 세지는 것 같아. 남대문 근처에서 지게로 물동이 나르는 일을 했거든."

"뭐? 물을 길어다 주면 돈을 주는 거야?"

"그럼. 물지게를 많이 멨지."

"그래? 그렇게 돈을 벌 수 있구나."

호기심에 가득 차, 서준에게 여러 가지를 물었다. 귀찮을 법도 한데 차근차근 이야기를 잘해 주어서 좋았다. 힘 좋은 서준이는 물을 길어 나르는 일로 먹고살 만큼 돈을 번다고 했다. 그래서인지 우리와는 비교가 안 될 정도로 지게 지는 실력이 남달랐다.

"지게를 잘 지려면 어떻게 해야 해?"

말을 들은 서준이가 피식 웃었다.

"그냥 하는 거지. 근데, 확실하게 균형 감각이 있으면 도움이 되는 것 같아."

"균형 감각? 그거, 어떻게 해야 생기는 거야?"

"지게를 많이 져 보면 허리를 어느 정도 굽힐 때 균형이 맞는지 자연스레 알게 되지. 그런 건 배우는 게 아니라 스스로 터득하는 거 아닐까."

남서준 말이 맞았다. 배우는 게 아니고 터득해야 하는 거다.

"터득하고 나면 지게 지는 게 더 쉬워질까?"

"음, 쉬워지는 게 아니고 그냥 익숙해지겠지."

서준이와 대화하다 보면 뭔가 배우는 느낌이 들었다. 가끔은 우리보다 훨씬 어른스러웠다. 그럴 때면 좋은 친구를 만난 것 같아 이곳에 온 일이 그저 나쁜 일만은 아니라는 생각이 들었다.

그러던 어느 날, 뜻밖의 일이 터졌다. 지게 부대원 어른들이 웅성거렸다.

"남서준, 이놈이 없어졌대."

"뭐라고? 아이고, 아직 한참 어린놈이 이 험한 곳을 어떻게 벗어나려고……."

"어디서?"

"소이산 고지에 짐을 부리고 내려오던 길에 지게를 지고 그대로 없어졌다는데."

부대원들이 나누는 이야기를 엿들었다. 우리는 고개를 맞대고 조용히 속삭였다.

"부대에서 그렇게 잘 지내던 남서준이?"

"그러니까 말이야. 혹시 산에서 길을 잃어버린 게 아닐까?"

"글쎄……."

서준이가 사라진 일로 부대가 발칵 뒤집혔고 부대원들은 녀석을 찾기 위해 이인 일조로 산속을 샅샅이 뒤지고 다녔다. 우리는 아저씨들이 웅성대는 이야기를 빠짐없이 들었다. 그중에는 서준이가 길을 잃어버린 건 아닐 거라는 이야기가 있었는데 그 말이 자꾸만 마음에 걸렸다.

'정말 도망간 걸까?'

진짜 궁금했다.

얼마 뒤, 부대에서 제법 떨어진 산속 골짜기 큰 바위 밑에 지게가 버려져 있다는 소식이 전해졌다. 군인들이 그곳으로 재빠르게 쫓아갔다. 김 하사와 철규 형, 그리고 십여 명의 유엔군이 그 근방을 샅샅이 살폈지만 서준이 흔적을 찾지 못했다.

'그럼 그렇지.'

남서준은 길을 잃어버릴 바보가 아니었다. 오히려 그 누구보다 몇 배는 똑똑했다. 남서준은 말 그대로 부대를 탈출한 것이다. 나는 속으로 쾌재를 불렀다. 절대로 다시 돌아오지 않기를 응원했다. 이곳을 떠나지 못하고 남아 있는 우리에게 희망이 되기를 바랐다.

'멋지구나, 남서준.'

부대에 적응하며 잘 지내고 있다고 예상했는데, 서준이는 속으로 다른 계획을 궁리하고 있었던 셈이다. 솔직히 말해 그의 결단이 부러웠다. 우리는 왜 용기 내지 못했을까.

그날 밤이었다. 벌레들이 거칠게 울어 대는 틈에 트럭 한 대가 요란하게 들어오더니 시동이 푹 꺼졌다. 잠을 자려고 누웠던 부대원들이 혹시나 해서 막사 밖으로 우르르 몰려 나갔다. 우리도 막사에 누워 있다가 모포를 걷어차고 후다닥 따라 나갔다. 앞쪽에 서 있던 막사 부대원 아저씨의 걸걸한 목소리가 들렸다.

"아이고, 이 녀석아. 이게 무슨 일이야."

어른들 사이로 고개를 삐쭉 내밀고 쳐다보았다. 트럭 안에 한껏 기가 꺾인 채 고개를 숙이고 앉아 있는 남서준이 보였다.

"저 새끼, 창고에 가둬."

김 하사가 열이 올라 크게 호통쳤다. 병사 둘이 서준이를 꽁꽁 묶어 창고로 데리고 들어갔다. 이어서 지게 부대원들이 두런거렸다.

"재판을 받아야 한다는군."

"뭐라고? 우리 신분은 민간인인데 재판은 왜?"

"그래도 부대에 소속된 사람이라 재판 비슷한 걸 받아야 한대."

"우리가 뭐 군인이라도 되는가?"

"어휴, 힘없는 우리가 무얼 할 수 있겠어. 그냥 자기들 뜻대로 다 하겠지. 그들에게 우리는 아무것도 아닌 존재 아닌가."

"부려 먹을 때는 언제고."

"어린 것이 무슨 죄가 있다고."

"나 원. 그러면 재판받는 죄명이 도대체 뭐라던데?"

"탈영."

"뭐, 탈영이라고? 사람 하나 잡겠다는 거구만."

어른들은 대화하며 끊임없이 한숨을 내쉬었다. 전쟁 통이라 그 누구도 자유롭지 않은 힘없는 목숨이라는 사실이 너무나 슬펐다.

철규 형이 골치가 아픈지 손으로 이마를 짚으며 막사로 들어섰다.

"서준이는 어디서 찾았대?"

서준이 처지가 안타까웠는지, 민수가 형의 꽁무니를 쫓아다니며 물었다.

"서준이 이놈의 새끼, 멀리 못 갔당게. 같잖은 것이 똑똑헌 척허고 자빠졌어."

형도 서준이가 탈출에 성공하기를 바랐던 것인지, 평소보다 거친 말을 마구잡이로 쏟아 냈다.

"화개산 도피안사에 숨어 있드랑게. 밤이라 산속은 무서웅게 절에 기어들어 가 부렀데아."

얼굴이 벌게진 채 식식거리며 화를 참지 못했다.

"어휴, 그랬구나. 그럼 서준이는 언제 만날 수 있어?"

"모르제. 오매 징한 거, 이제 남서준은 고생문 훤히 열려 부렀어."

미간을 잔뜩 찌푸린 형의 얼굴이 왠지 안쓰러웠다.

"왜?"

서준이 행동이 얼마나 위험한 것인지 민수는 잘 모르는 모양이었다. 전쟁 중에 탈영한다는 것은 실로 엄청난 일이다.

나는 민수를 보면서 고개를 가로저었다. 더는 묻지 말라는 뜻이기도 했고 당분간 서준이를 못 볼 거라는 뜻이기도 했다. 민수가 입을 삐죽 내밀었다. 이곳에 들어온 첫날 김 하사에게 들었던 무서운 말이 떠올랐다. 그랬다. 어쩌면 남서준은 죽을지도 모른다.

'여기서 도망치다가 잡히면 그때는 총살이야.'

김 하사의 차가운 표정이 떠올라 소름이 돋았다. 앞으로 남서준은 어떻게 되는 걸까. 정말 총살당하는 걸까. 만약, 여기서 죽게 된다면 너무나 가엾은 인생이 될 것이다.

탕.

"으악!"

"이게 무슨 소리야?"

한 발의 총소리가 고요한 하늘을 가르며 막사에 울렸다. 부대원들이 소스라치게 놀라 고개를 두리번거리고, 자고 있던 사람들도 모두 벌떡 일어났다.

'어떻게 이런 일이 벌어질 수 있을까. 하늘도 무심하시지.'

머릿속에 서준이 모습이 떠올랐다. 막사에 있던 사람들이 우르르 뛰쳐나가고, 우리도 아저씨들 꽁무니를 따라 총소리가 난 곳으로 허겁지겁 따라 나갔다.

그곳에는 총을 든 김 하사가 식식거리며 어딘가를 노려보고 있었다. 우리는 어둠 속을 헤집으며 무슨 상황인지 살펴보았다. 철규 형이 김 하사와 직선거리로 한참 떨어진 곳에 허우적거리며 뛰어가 땅바닥에 쓰러진 누군가를 일으켜 세우고 있었다. 자세히 살펴보니 남서준이었다. 녀석은 얼마나 놀랐는지 헉헉거리며 급하게 숨을 내뱉고 있었다. 우선 살았으니, 천만다행이다.

"너, 이 새끼. 이게 마지막이다. 한 번만 더 이런 일이 있으면 가만두지 않겠어."

김 하사가 하늘을 향해 공포탄을 쏜 것이다. 매섭게 소리치자 남서준이 잔뜩 겁을 먹은 채 몸을 웅크렸다.

"지가 책임진당께요."

형이 서준이 어깨를 감싸며 김 하사에게 애원하듯 말했다. 살기 어린 표정을 지은 김 하사가 아무 대꾸도 하지 않은 채, 그 자리를 떠났다.

그날 밤, 서준이는 우리 막사로 자리를 옮겼다. 형이 책임지기로 했으니 이제는 우리와 함께 있게 된 것이다.

"철규야, 이제부터 저 녀석도 챙겨야 하는 거냐?"

"예, 좌우지간 제가 책임지고 딜꼬 있어야 된당께요."

옆에 있던 거제도 유씨 아저씨가 혀를 찼다. 챙겨야 할 동생
이 하나 더 늘었으니 힘들 거라 짐작한 것이다. 서준이까지 우
리 넷은 이전보다 더 잘 지내야 했다.

내가 먼저 말을 걸었다.

"남서준, 너 정말 탈출한 거 맞아?"

"……."

대답을 기다리던 민수가 답답한 듯 다시 물었다.

"야, 인마. 너, 진짜 탈출하려고 한 거냐고."

남서준은 대답하지 않고 반대 방향으로 등을 휙 돌렸다. 나
는 녀석이 확실히 탈출하려 했다고 믿는다. 만약 그 계획을 먼
저 알았더라면 나도 따라나섰을지 모른다. 왜 너 혼자 간 거냐
고 묻고 싶었다. 혹시나 도피안사에서 잡히지 않으면 무사히
집으로 돌아갈 수 있었을까. 나도 가능했을까. 여러 가지를 궁
리하다 보니 심장이 두근거렸다.

그날 밤, 높은 언덕에서 복사골을 내려다보는 꿈을 꾸었다.

어떤 말로도 표현할 수 없는 슬픔이 밀려왔다. 꿈에서 깨어나 곤히 잠든 서준이를 바라보았다. 눈물이 핑 돌았다. 서준이가 살아 있어서 고마웠다.

김 하사의 총살 협박이 통한 것인지, 서준이는 눈에 띄는 행동은 하지 않았다. 녀석은 사건 이후로 오랫동안 말문을 닫아 버렸다. 나는 조용히 곁을 지켜 주었다. 말하고 싶지 않을 때는 그냥 내버려두는 게 상책이다.

"진구야, 잠깐 이야기 좀 할 수 있을까?"

한참이 지난 어느 날, 남서준이 말했다.

"나 다시 탈출할 거야."

"뭐라고?"

오랫동안 참다가 처음 한 말이 탈출이라니. 정말이지 보면 볼수록 놀라운 녀석이다.

"집으로 돌아갈 거야. 꼭."

그럭저럭 잘 지내고 있는 줄 알았는데, 실은 그게 아닌 모양이었다. 한편으로는 전보다 더 위험할 거라는 생각이 들었다.

"어머니가 아프셔. 동생들도 너무 어리고……."

서준이가 말했다. 어서 집으로 가야 한다고. 하지만 아무리 궁리를 해 봐도 지금은 탈출할 때가 아니다. 부대에서 녀석에 대한 눈길이 여전히 곱지 않고, 김 하사의 감시하는 눈초리가 항상 따라다녔기 때문이다.

"내가 여기서 못 나가면 나만 죽는 게 아니라 우리 가족 모두가 죽는 거야."

단호하게 말하던 녀석의 눈가가 붉어졌다.

"아버지는 계셔?"

내 질문에 잠시 정적이 흘렀다. 서준이가 힘들게 말을 이었다.

"아버지는…… 몇 년 전에 북으로 갔어. 고향이 함경남도거든. 북쪽 사람들하고 자주 만나는 것 같더니……. 자리 잡고 연락한다고 했는데…… 그 뒤로는 아버지를 보지 못했어."

어째, 아버지가 안 계신 건 나와 상황이 비슷하다. 서준이에게 짙은 동병상련을 느꼈다.

"내가 가족을 위해 할 수 있는 일은 오직 집으로 돌아가는 것뿐이야."

그때 그의 결연한 표정을 보았다. 그랬다. 나도 이곳에 온 순간부터 지금까지 집으로 돌아갈 궁리를 했다. 서준이가 아버지대신 가족을 지키려는 것은 나와 다르지 않았다. 그런데 서준이는 집으로 돌아가려는 행동을 취했고 나는 그렇게 하지 못했다. 우리 둘 사이에 어떤 차이가 있는 것일까.

나에게도 아버지는 이해하기 어려운 존재였다. 순구가 어머니 뱃속에 있을 때 아버지는 집을 떠나 만주로 갔다. 나라를 구하겠다고 발 벗고 나선 아버지. 그런 아버지를 잡지 않았던 어머니……. 우리는 아버지를 기다리며 다시 만나기를 바랐지만, 현실은 그렇지 못했다.

독립운동을 하러 떠난 지 삼 년이 흘렀을 때 아버지가 돌아가셨다는 소식을 들었다. 어머니는 창백한 얼굴로 마당에 주저앉아 슬프게 흐느꼈다. 어린 나이임에도 어머니가 아버지를 얼마나 그리워했는지를 알 수 있었다. 그 이후로 어머니는 우리를 지키기 위해 애썼다. 그 모습이 눈에 선해 너무나 안쓰러웠다.

아버지는 언제나 아쉽고 궁금한 존재였다. 어떻게 나라를 지키려는 마음을 가지게 되었을까. 어떻게 나라와 목숨을 맞바꿀 용기가 있었던 걸까. 아직은 그 깊은 속내를 알 수 없지만 언젠가는 알게 될 것이다. 하지만 지금은 하루라도 빨리 가족에게 돌아가 함께 있고 싶다.

'어머니……. 순구야……'

입술이 달싹거렸다. 크게 소리 내어 부를 뻔했다. 서준이가 복잡한 내 표정을 읽었는지 이내 이해한다는 듯 조용히 고개를 돌렸다.

5. 북한 소년병 송종태

1953년, 새해 겨울

애애애앵.

사이렌 소리가 요란하게 울렸다. 산속은 정말 추웠다. 모포 밖으로 나오기 싫었지만, 민수가 빨리 일어나라며 채근하는 통에 억지로 일어나 앉았다. 잠에서 깨려고 한참 동안 눈을 비볐다. 추워서 그런지 입김이 하얗게 나왔다.

동이 트기 전에 군인들이 막사를 돌아다니며 사람들을 깨우고 있었다. 전투가 치열해진 게 분명하다. 준비된 식사는 여럿이 먹기에 턱없이 부족했다. 스무 명이 넘는 막사마다 전투식량과 멀건 죽 몇 통, 통조림 몇 개가 전부였다. 배에 기별도 가지 않는 음식으로 아침을 때운 부대원들이 지친 낯빛으로 막사 앞 너른 마당으로 하나둘 모여들었다. 거기에는 백 개가 훌쩍 넘는 지게가 차곡차곡 줄을 맞춰 대기하고 있었다. 군인들이 영어로 무어라고 명령하자, 김 하사가 사람들 사이로 지나가면서 부대원들에게 지게를 메라고 지시했다.

빼곡히 세워진 줄 사이로 부대원들이 들어가 지게를 하나씩 어깨에 멨다. 오늘따라 고지로 가져가야 할 짐이 많았다. 다른 부대원들이 산처럼 쌓여 있는 물자를 보고 앓는 소리를 냈다.

"뭐가 저렇게 많은 거야? 먹을 것도 제대로 안 주면서. 진짜 춥고 배고파 죽겠네."

"어휴, 고지에 갈 것들이 많은 걸 보니 이번 전투는 더 치열할 건가 보이."

"평상시보다 더 조심해야 할 것 같아. 길과 바위에 살얼음이 많이 끼었어."

지게에 짐을 실은 부대원들이 쉴 새 없이 구시렁거리며 고지를 향해 출발했다. 무거운 궤짝을 짊어진 탓에 지게 줄에 눌린 어깻죽지가 통증으로 심하게 욱신거렸다.

"으……."

신음이 절로 나왔다.

"너도, 많이 아프지?"

민수가 연신 인상을 찡그렸다.

평소보다 무거운 물건을 짊어지다 보니 올라가는 데 시간이 오래 걸렸다. 끙끙거리며 고지에 올라 탄약과 식량을 부린 부대원들은 기진맥진한 몸을 회복하기 위해 잠시 쉬었다. 겨울이라 해가 떨어지기 전에 부대로 복귀해야 하는데, 평소보다 무거운 짐을 지고 고지에 오르다 보니 부대원들에게 충분한 휴식 시간이 필요했다. 김 하사는 쉴 시간을 확보하기 위해 유엔군 부대장을 찾아갔다. 우리는 체온을 나누기 위해 서로 기댄 채 쉬고 있었다. 날씨는 추웠지만, 지게를 벗어 놓고 편히 있으니 몸이 자꾸만 노곤해졌다. 통증이 계속되는 어깨를 살펴보니 피부가 붉게 까지고, 군데군데 멍이 들어 너덜너덜해 보였다. 살갗이 옷에 닿을 때마다 따갑고 쓰라렸다.

그때였다. 사람들이 쉬고 있는 곳 근처에서 포탄이 터졌다.

콰과과광.

"엎드려!"

누군가 크게 소리쳤다. 북한군의 기습공격이었다. 부대원들은 그 자리에 바짝 엎드렸다. 가까이에서 포탄 터지는 소리가 쾅, 쾅 들리고 연이어 탕, 탕 총소리가 산을 타고 점점 더 크게 울렸다. 이대로 있다가는 큰 위험에 빠질 게 뻔했다. 어디로든 빨리 몸을 피해야 했다. 지게를 내려놓고 산비탈 아래로 뛰었다. 그렇게 계곡 하나를 사이에 두고 본대에서 멀어지게 되었다.

나는 민수와 함께 바위를 타고 내려와 이리저리 숨을 만한 곳을 찾아 헤맸다. 혹시라도 길을 잘못 들어서 방향을 잃으면, 공격해 오는 북한 인민군과 맞닥뜨릴지도 모르는 아주 위험천만한 곳이었다. 몸을 숙인 채 이동하며 한참을 헤매다 커다란 바위 사이의 작은 공간을 발견했다. 민수가 먼저 들어가 몸을 웅크렸고 나도 뒤따라 들어가 머리를 감싸안은 채 털썩 주저앉았다.

쾅, 쾅. 포탄 소리가 한참 동안 이어졌다. 쏟아지는 포탄에 고지 근처에 있는 전투 부대로 다시 돌아갈 엄두가 나지 않았다.

"철규 형이 우리를 찾으면 좋겠다. 그지?"

민수가 힘없이 말했다.

"그래."

"여기서 기다리는 게 좋겠어. 옮겨 다니면 더 찾기 어려울 거야."

"응."

"그런데 말이야, 이 틈에 우리도 도망가 버릴까? 서준이가 그랬던 것처럼……."

"뭐?"

나는 깜짝 놀랐다.

"이거 기회 같은데, 도망가면 어때? 우린 둘이니까 걔보다는 낫잖아."

우리가 이런 이야기를 나눌 줄 미처 상상하지 못했다. 갑자기 머릿속이 널뛰기 시작했다. 진짜로 도망가면 이 산들을 어떻게 빠져나가야 할지 상상해 보았다. 남쪽을 향해 방향을 잡고 하루 정도 걸으면 이곳을 벗어날 수 있을까.

"잠깐만……."

한참 집중해서 탈출을 궁리 중인데, 민수가 흐름을 뚝 끊어 놓았다.

"도망치다가 북한군에게 잡히면 어떡해?"

아뿔싸. 그런 일이 벌어질 수 있다고는 생각도 하지 못했다. 그냥 탈출하는 데만 골몰했다.

"휴, 위험하겠지. 포로가 되면 이북으로 끌려갈 테고, 그러면 다시는 고향으로 돌아가지 못할 거고."

"아이고. 그럴 바에는 그냥 우리를 찾으러 올 때까지 움직이지 않는 게 좋겠어."

탈출을 포기한 듯 민수가 고개를 절레절레 흔들었다.

"뭐야? 지금, 너 이게 장난이냐?"

나는 화가 났다. 그런데 묘하게도 한편으론 안도감이 들었다. 실천할 용기는 없으면서 괜스레 엄청난 기회를 날려 버린 것 같은 아쉬움이 들었다. 그렇다고 준비 없이 아무렇게나 탈출을 감행해서는 안 될 일이었다.

벌써 하늘이 어둑해졌다. 깊은 산속은 다른 곳보다 해가 훨씬 짧고 빨리 진다. 우리는 긴장한 채 바위 사이에 조용히 숨어 있었다.

"다른 사람들은 어찌 됐을까? 일정대로라면 지금쯤 막사로 돌아갔을 텐데."

"그러게. 어떡하지? 다른 산길은 모르는데……."

"여기 온 지 반년이나 지났는데 아직도 길을 잘 모른다니 한심하다. 그지?"

"아저씨들은 잘 알 텐데."

"그래 맞아."

"우리를 못 찾으면 어떻게 되는 거야?"

"설마……. 내일 해가 뜨면 살금살금 움직여 보자."

"잘못하면 인민군 부대로 끌려갈 수도 있어."

"해가 넘어가는 방향을 따라 걸으면 되지 않을까?"

"산짐승도 조심해야 해. 호랑이라도 만나면 큰일이잖아."

"호랑이가 여기 있을까?"

"그건 나도 모르겠어."

"어휴, 이제 그만하자. 답이 없다."

이야기를 나누다 보니 온 산이 어둠에 휩싸이고 있었다. 시간이 한참 흘렀다. 바위 틈새로 고개를 빼고 하늘을 올려다보니 달이 또렷하게 떠 있었다. 활처럼 휘어진 눈썹달 옆에 개밥바라기가 유난히 반짝거렸다.

얼마나 시간이 지났을까.

탁탁, 바스락바스락…….

"엇?"

갑자기 들려온 낙엽 밟는 소리에 깜짝 놀랐다. 뭔가 움직이고 있는 게 틀림없었다. 우리는 마주 보며 입을 틀어막았다. 혹시라도 북한군에게 들키기라도 하면 아주아주 큰일이었다. 포로로 잡히면 제명에 죽지도, 사람답게 살지도 못할 것이다.

정신을 똑바로 차려야 한다. 인기척이 가까워지자, 우리는 숨을 고르고 소리를 최대한 죽였다.

바스락바스락.

낙엽 밟는 소리가 바로 바위 앞쪽에서 났다. 어서 상황을 파악해야 한다. 민수가 고개를 빼고 소리가 나는 쪽으로 몸을 틀어 재빨리 휙 둘러보았다. 행동이 진짜 군인 같았다. 민수는 이곳에 온 이후 정말 많이 변했다. 지게 부대원들과 같이 지내다 보니 자연스럽게 어른처럼 용감해진 것 같았다.

부스럭부스럭.

"짐승인가?"

조용히 민수가 속삭였다.

"쉿."

나는 검지를 입술에 댔다. 두려움이 몰려오고 심장이 빠르게 뛰었다. 어두운 골짜기를 돌아다니는 산짐승이라면 어떤 동물일지 가늠하기 어려웠다. 들개, 늑대, 멧돼지가 나타날 수 있었다. 멧돼지가 나타나면 가장 가까운 나무나 바위 뒤로 조용하게 피해야 한다. 멧돼지가 올라오지 못하는 높은 곳으로 가면 안전하다고 했던 마을 어른들의 이야기가 생각났다. 한번 물리면 상처가 깊으니, 주변에 있는 물건으로 몸을 보호해야 한다는 말도 기억났다.

　"근데, 아무래도 사람 같아."

　나는 깜짝 놀라 민수 입을 손바닥으로 틀어막았다. 조용히 하라고 눈에 힘을 주어 말한 뒤 주위를 둘러보았다.

　'헙!'

　진짜였다. 민수 말이 맞았다. 몸집이 작은 소년이 두리번거리며 우리 쪽으로 가까이 다가오고 있었다. 총을 들고 있는 것 같기도 하고, 나무 막대기를 들고 있는 것 같기도 했다. 온몸에 소름이 쫙 돋았다. 바위 사이로 조금씩 거리가 가까워지는가 싶더니 남자아이의 발걸음이 느려졌다. 사시나무처럼 덜덜 떨면서 일거수일투족을 응시하는데 소년의 눈과 딱 마주치고 말았다.

"으아아악."

"으악."

너무 놀란 나머지, 서로 외마디를 지르며 꼼짝하지 못했다. 작은 소년은 기다란 총을 들고 있었고, 총구를 우리에게 겨눈 채 말했다.

"……거, 거기, 뉘기요?"

짧은 침묵이 흐르고 먼저 말을 뗀 것은 저쪽에 혼자 서 있는 인민군이었다.

"……."

우리는 아무 말도 할 수 없었다. 지게 부대원들이 나누던 이야기가 생각났다.

북한 소년병. 나와 나이가 비슷한 십 대 소년들이 인민군으로 전쟁에 참여한다는 소문이었다. 실제로 맞닥뜨리고 보니 그 말은 사실이었다. 눈앞에 마주한 소년은 매우 마른 몸에, 나보다 더 어려 보였다. 소년이 들기에 버거울 만큼 무거워 보이는 총구가 우리를 향하고 있었다.

북한 소년병이 분명했다. 민수와 나는 군인이 아니어서 총을 소지할 수 없었지만 이 소년은 우리와 달랐다. 나이는 어려도 이북에서 훈련받은 군인이라는 뜻이다. 우리는 그저 전투 지역에 물건을 날라 주는 민간인 지게꾼에 지나지 않았다.

"뉘기요?"

소년은 힘이 들어간 낮은 목소리로 물었다. 온몸이 얼음처럼 얼어 버린 듯, 입까지 얼어 버렸는지 말이 나오지 않았다. 이대로 있다가는 소년이 총을 쏠지도 모른다는 생각에 팽팽한 긴장감이 흘렀다.

"그, 그, 그……."

너무 놀라서 말을 제대로 잇지 못하자 소년병이 명령조로 강하게 말했다.

"손들고 나오라우."

"……아, 알았어요."

우리는 두 손을 번쩍 들고 한 발짝, 한 발짝 바위 입구로 천천히 나갔다. 아주 조심스럽게 걸었지만, 몸이 떨려서 턱까지 흔들렸다. 너무 놀라서 말을 할 때마다 이가 덜덜 부딪힐 정도였다. 우리가 벌벌 떠는 모습을 본 소년병 역시 어쩔 줄 몰라 했다. 말투를 보니 이북에서 내려온 것이 확실했다. 가만히 있다가는 무슨 일이 벌어질 것만 같았다.

"암구호를 대 보라우."

작은 소년의 눈에서 광채가 번쩍번쩍 빛났다. 민수와 나는 서로 쳐다보며 무슨 소리인지 모르겠다는 표정을 지었다.

"우리는 그런 거 모, 몰라요."

민수가 말을 더듬거리자, 총을 겨눈 소년병이 재차 캐물었다.

"국방군임매?"

"구, 국방군? 아, 아뇨, 우리는 구, 군인이 아니라, 그냥 짐을 나르는 사람이에요."

간신히 민수가 대답했다. 그사이 나는 두어 번 심호흡한 뒤 최대한 담담하게 말을 걸었다.

"저기, 우리나 그쪽이나 부대서 낙오한 것 같은데, 우리끼리 싸움을 멈추는 게 어때요?"

너무 긴장되어 침이 목구멍으로 꼴깍 넘어갔다. 분명 짧은 순간이었는데 길게 느껴졌다. 소년병이 잠시 멈칫하는 것 같더니, 내 말을 알아들었다는 듯 차분히 말을 이었다.

"……그렇슴매. 지금은, 나도 그게 좋겠슴매."

그때, 산짐승 소리가 크게 울렸다. 소년이 놀라 움찔거리며 주변으로 총구를 비껴들었다. 백두대간에 사는 커다란 호랑이일까, 아니면 배고픈 멧돼지일까. 거칠게 우는 산짐승 소리가 점점 가까워지고 있었다.

"이쪽으로 와서 함께 있는 게 어떨지……."

나는 호흡을 고르며 천천히 말했다. 진심이었다. 우리가 몸을 숨긴 공간은 큰 바위 사이여서 짐승들로부터 안전했다. 서너 사람이 앉을 만한 공간이었다.

"그래요, 여기는 괜찮으니까 이리로 와요."

민수가 손짓으로 가리켰다. 사실 북한 소년도 많이 떨고 있었다. 그때 다시 산짐승의 울음소리가 바로 가까이에서 들렸다.

크르르르.

소년은 눈을 휘둥그레 뜨며 주위를 살폈다. 총구는 어느새 어두운 숲을 향하고 있었다. 소년이 눈에 빳빳이 힘을 주면서 우리를 응시했다. 정말로 안전한지 확인하는 것 같았다. 소년이 어쩔 수 없다는 듯 눈치를 살피며 천천히 다가왔다.

"기럼, 지금은 신세를 지겠음매."

신세랄 것이 없었다. 소년이나 우리나 매한가지 입장이니까.

"그래요."

나는 빠르게 고개를 끄덕였다. 침이 목젖을 따라 꼴깍 소리를 내며 넘어갔다. 우리는 함께 바위 사이로 들어갔다. 바위틈 공간은 우리가 함께 앉기에 조금은 부족한 듯했다. 그래도 산짐승에게 해를 당하는 것보다는 백번 천번 나을 터였다.

소년병을 가까이서 보니, 얼굴에 솜털이 송송 난 게 보였다. 내 동생 순구가 떠올랐다.

"통성명이나 합세다. 나는 송종태요."

동생을 떠올리고 있는데 소년이 먼저 말을 걸어와 화들짝 놀랐다. 소년은 의젓하게 자신을 소개했다. 이제 우리 이름을 말할 차례였다. 전쟁 중에 적군과 대화하다니, 참 예기치 않은 일이다. 주근깨가 잔뜩 박힌 소년의 얼굴을 보고 있으니 자꾸만 그 위로 순구 얼굴이 겹쳤다. 나는 정신을 차리고 아까보다 더 담담한 목소리로 말했다.

"나는 진구……. 그리고 이쪽은, 내 친구 민수."

눈을 마주친 송종태가 불안한 듯 물었다.

"혹시, 누가 더 있음매?"

"둘밖에 없어요."

내가 조심스럽게 말하자 날카롭던 송종태의 표정이 그나마 살짝 누그러졌다. 그래도 여전히 긴장된 몸짓이었다. 총을 바닥에 내려놓지 않은 채 손에 들고 있는 부동자세를 봐서는, 언제든 총을 쏠 준비가 되어 있었다.

"우리는 형제나 다름없어요. 그런데 거기는 몇 살이에요?"

"열세 살임둥."

"어? 우린 열다섯인데 그럼, 우리가 두 살 더 많네요."

조금 더 편안해지길 바라며 친근하게 말했다.

"우리가 무서워요?"

"조금."

"우리가 더 무서운데."

"뭐, 뭐가 말임매?"

긴장한 송종태의 얼굴이 더 딱딱해졌다.

"그…… 총."

민수가 검지를 조심스럽게 들어 총을 가리켰다.

"아……."

그제야 송종태는 총구가 아래로 향하게 방향을 틀었다. 얼굴에는 여전히 힘이 바짝 들어간 상태였다.

"산골짜기에서 북한 군인을 만날 줄 몰랐어요."

나는 민수가 불쑥 던진 말 한마디에 소년의 눈치를 빠르게 살폈다. 물론 북에서 온 소년을 만나니 호기심이 생기기는 했지만, 송종태는 전혀 동요하지 않았다. 오히려 차분한 모습이었다. 나는 조심스럽게 한마디 했다.

"고향이 어디예요?"

"내래 평양임매다."

이때를 놓치지 않고 말을 덧붙였다.

"아, 들어 봤어요. 평양."

아는 척을 하자 굳어 있던 송종태 얼굴이 조금은 부드러워지는 것 같았다.

"어찌 아오?"

"학교 다닐 때 지도에서 본 것 같은데."

"북한 수도잖아요. 우리는 서울이고. 맞죠?"

옆에서 민수가 고개를 끄덕였다.

"우리는 경기도 이천에서 왔는데. 혹시 어딘지 알아요?"

송종태는 잘 모르는 듯한 표정을 지었다.

"가족은 어떻게 돼요? 부모님은 어디 계시고……?"

뭐가 그리 궁금했는지 쉴 새 없이 질문과 답이 이어졌다.

"나는 이남 삼녀 중에 막내임둥. 위로 제일 큰 누나부터, 바로 위에 형님이 한 분 있었디요. 부모님은 평양에 계셨는데 노동력에 동원되어 군수 공장에 끌려갔고, 누이들은 후방에서 일할 겝매."

대답을 곧잘 해 주는 송종태의 여유 있는 태도가 신기했다.

"전쟁 통에 가족들이 뿔뿔이 흩어졌나 봐요."

민수가 눈치를 보듯 걱정했다.

"그렇습매."

"그럼 형님은 어떻게……?"

"이번 전쟁에 인민군으로 참전해 전사했시오."

소년병의 형이 전사했다는 소리에 우리는 돌처럼 굳어 입을 다물었다. 갑자기 긴장되어 숨소리가 거칠어졌다. 혹시 복수하고 싶진 않을까, 다시 침이 꼴깍 넘어갔다.

아까 우리를 죽일 수 있었는데, 그러지 않은 이유가 뭘까. 포로로 끌고 가고 싶은 걸까. 온갖 상상이 꼬리를 물고 머릿속에서 폭발하고 있었다.

송종태의 표정이 일그러졌다.

'아……. 불안해.'

괜히 형 이야기를 물어보았던 걸까. 눈치를 보면서 분위기를 살피느라 아무 말도 할 수 없었다. 이 상황을 어떻게 수습할까. 도망가야 하나. 아니면 정면 돌파해야 하나. 속내를 들킨 것 같아 얼굴이 화끈거리고 속이 메스꺼웠다.

송종태가 어깨를 움찔거리자, 민수가 눈을 동그랗게 떴다. 어린 소년병이지만 그를 두려워할 수밖에 없었다. 언제 어느 순간에 우리에게 총구를 겨눌지 알 수 없기 때문이었다. 무서운 일이 벌어질까 봐 공포와 두려움이 앞서거니 뒤서거니 했다. 팽팽한 긴장감에 오금이 저렸다. 밤공기는 차가워지고 날은 아까보다 더 깜깜해졌다. 죽음이라는 말이 어렴풋이 떠올랐다. 오늘 밤을 무사히 넘기고 살아 돌아갈 수 있을까.

"전쟁이 나고 얼마 되디 않아 수원 어디에서 미 공군이 터뜨린 공중폭격에 죽었댔소."

송종태 이야기가 이어졌다.

'아……'

나는 거칠어진 숨을 다독였다. 소년의 표정을 보니 죽은 형의 복수를 위해 전쟁에 참가한 것은 아닌 것 같았다. 그가 침울한 표정을 지었을 때, 매우 슬퍼 보였다. 어떻게든 분위기를 바꿔

보려고 다른 질문을 던졌다.

"그럼 어떻게 여기까지 오게 된 거예요?"

"……그게, 학교에서 소년근위대에 소속되어 활동했슴매. 고조 남에는 나쁜 사람들이 곳곳에 숨어 있다고 들었소. 조국 통일을 이루기 위해서 인민들을 해방해야 한다는 특별 교육을 받고 전투에 동원된 기요. 그러다 전쟁이 길어지면서 군인들이 자꾸만 죽어 나가니까네, 우리 같은 소년 단원들이 급하게 징집된 거이오."

뭔가 복잡한 감정이 교차하는 얼굴이었다. 이러다가 혹시라도 아차 하는 순간에 우리에게 위해를 가하기라도 하면 어쩔까. 당장은 아무렇지 않은 척해야 한다.

"형이 죽어서 힘들었겠어요……."

말끝을 흐리며 송종태의 눈치를 살폈다. 그는 어린 나이답지 않게 담담한 표정으로 내 눈을 정면으로 바라보면서 이야기를 계속했다.

"기리나 저리나, 얼마 전에 조국 통일이 가까워지고 있다는 상부의 소식을 들었소. 조금만 힘을 내서 외세를 물리치는 게 제일 먼저 해야 할 일임매."

송종태의 말을 전부 이해할 수는 없었다. 나는 그저 이 지옥 같은 전쟁이 빨리 끝나 집에 돌아가기만을 학수고대하고 있을 뿐이었다.

6. 누가 먼저 침략했을까?

"그 총, 말인데, 진짜 총이에요?"

무거운 침묵이 흐르는 것을 견디지 못한 민수가 얼떨결에 물었다. 정말 뜬금없는 질문이었다. 총을 바라보는 송종태의 눈이 매섭게 빛났다.

"진짜 맞소."

"그럼 총 쏘는 훈련도 받았을 텐데……."

"그렇소."

우리는 서로를 쳐다보며 긴장된 눈빛을 나눴다. 다시 침이 목젖을 타고 힘겹게 넘어갔다.

"어떻게 여기에 혼자 남게 된 거예요?"

민수가 떨리는 목소리로 살살 물었다.

"아까 전투 중에 돌격하다 포탄이 내 편에 떨어지는 통에 정신을 잃고 쓰러졌디 뭐이오. 후방에서 포격을 똑바로 해야디, 일어나 보니 나 혼자 남았지 뭘매. 내래 쓰러져 있으니 죽은 줄 알고 후퇴한 것 같소."

"어? 우리도 그 포격 때 부대에서 낙오됐는데⋯⋯."

송종태가 이해한다는 듯 고개를 끄덕였다.

"밤에 하산하는 게 더 위험하단 말이죠⋯⋯."

우리는 같은 마음이었다. 아저씨들이 한 말이 떠올랐다. 산길에 잘못 들어섰다가 낭떠러지로 떨어지거나, 산짐승의 공격을 받을 수 있으니 해가 뜰 때까지 안전한 곳으로 피신한 후 천천히 움직이라고 했다.

"맞슴매. 나도 그렇게 알고 있소."

두런두런 대화하다 보니 송종태의 말투가 얌전하고 조용해서 조금씩 편안해졌다. 또다시 정적이 흘렀다. 그때 민수가 주머니를 뒤적거렸다. 산에 올 때 항상 챙겨 오는 건빵을 찾는 모양이었다. 부대에 식품 보급이 넉넉할 때면 지게 부대원에게 건빵을 나눠 주었다. 그들에게는 심심풀이 간식이지만 우리는 부족한 식사를 보충하는 음식으로 특별히 배급받았다. 건빵은 씹을수록 고소하고 맛이 좋아 하나라도 더 먹으려고 서로 아웅다웅했다.

민수는 송종태가 놀라지 않도록 천천히 주머니에 손을 넣어 건빵을 꺼냈다. 배가 고팠는지 눈을 크게 뜬 송종태는 건빵을 두 손으로 받았다.

"남에도 건빵이 있소?"

입으로 가져가 오물오물 건빵을 씹어 삼키던 송종태가 말했다.

"나는 이곳 지게 부대에 와서 처음 건빵을 먹었어요."

민수의 대답을 들은 송종태가 밝은 표정으로 대꾸했다.

"난 북에만 있는 줄 알았소. 몇 년 전 건빵 공장에 견학 갔을 때, 이렇게 맛난 것을 만들어 내는 북반부 조국이 정말 자랑스러웠디요."

"하하하."

작지만 우리는 살짝 소리 내어 웃었다. 서로의 긴장을 풀어 주는 건 대단한 게 아니었다. 그래도 경계를 늦출 수는 없다. 송종태는 적군이었기 때문에 언제 무슨 일이 일어날지 모른다.

그에게도 우리가 경계 대상인 건 마찬가지였을 것이다.

"그런데 궁금한 게 있소."

소년병이 눈을 한 번 껌벅거렸다.

"아까 지게 부대라고 했는데, 도대체 무슨 일을 하는 부댄기요? 한 번도 들어 보지 못했는데."

민수가 나를 쳐다보며 대답했다.

"우리는 탄약과 식량을 지게에 지고 나르는 지게 부대예요."

송종태는 이해할 수 없다는 듯 다시 물었다.

"그럼 전투에 나가 싸우지 않고 짐만 나른단 말임매?"

"맞아요. 우리는 군인이 아니고 민간인이에요."

민수가 억울하다는 듯이 불만스러운 표정이 가득했다.

"군인이 아닌데 국방군에서 물자를 나른단 말이요?"

송종태는 다시 확인이라도 하듯 되뇌었다.

"그럼 억지로 끌려왔단 말임동? 이거이 내래 징집된 거랑 비슷함동."

송종태가 자신의 처지에 빗대어 우리를 이해하려는 듯 말했다. 징집된 소년병과 짐꾼으로 붙잡혀 온 처지. 하지만 이런 대화도 잠시, 송종태가 갑자기 정색하며 말했다.

"음, 궁금한 게 더 있슴매……."

아까와는 또 다르게 송종태의 눈빛이 예리해졌다. 뭐라고 말할지 궁금해서 귀를 쫑긋 세웠다.

"왜 북으로 쳐들어왔시오? 그것도 다들 곤히 쉬는 일요일 날 말임매."

우리는 눈을 동그랗게 뜨고 놀란 표정을 지었다.

"그게 무슨 말이에요? 북에서 남으로 쳐들어온 거지. 설마 우리가 북침이라도 했단 말인가요?"

"뭐라, 지금 뭐라 했소? 그럼 우리가 남침이라도 했단 말이오?"

내 말에 송종태의 눈에서 불꽃이 일었다. 화를 돋우고 싶지 않았지만, 이 말은 도저히 받아들일 수 없었다.

"우린 남침이라고 알고 있는데……. 그래서 전쟁터로 끌려온 건데……."

"뭐라요? 다시 말해 보라요. 나는 조국 통일을 위해서 목숨을 걸고 전쟁터로 나왔슴매. 우리 형이 하나밖에 없는 목숨을 조국을 위해 내놓았단 말임매. 내래 지금, 기가 차 말이 다 안 나옴매."

"지금, 누가 일으킨 전쟁인데……?"

민수가 혼잣말하듯 말했다. 송종태는 온순하던 태도를 확 바꾸어 총을 들고 벌떡 일어섰다. 금방이라도 폭발할 것 같았다.

"이건 참을 수 없는데. 전쟁을 시작한 게 그쪽이니까……."

나도 벌떡 일어서며 민수의 말을 거들었다. 우리 모두 얼굴이 새빨갛게 상기되었다. 송종태가 우리를 향해 총구를 겨누었다.

"뭐라 했소? 다시 말해 보라!"

민수가 기겁하며 일어서서 내가 있는 방향으로 몸을 비틀었다. 송종태와 우리 사이는 불과 일 미터. 폭풍 같은 소용돌이가 휘몰아치는 듯했다.

"자, 잠깐만. 일단 흥분을 가라앉히는 게 어때요?"

민수가 거친 숨을 뱉어내며 송종태와 나를 번갈아 보았다. 이 상황이 당황스러워서 몸을 벌벌 떨었다. 총을 들고 있는 송종태는 왼손으로 총열을 잡고 오른손으로 방아쇠 고리를 만지작거리며 우리를 무섭게 노려보고 있었다. 금방이라도 방아쇠를 당길 것같이 한 발을 뒤로 빼고는 총 쏘는 자세를 취한 상태였다. 훈련받은 소년병은 지게 짐을 나르는 우리와는 달라도 너무 달랐다. 우리는 스스로 목숨을 지킬 만한 힘이 없었다.

"지금 누가 먼저 쳐들어갔느냐는 중요하지 않은 것 같은데……."

민수가 살살 눈치를 보며 말했다.

"그럼 뭐가 중요하단 말임매?"

송종태의 음성이 쇠가 부딪치는 것처럼 날카롭게 챙챙거렸다.

"그게……."

민수가 당황했는지 말을 멈췄다. 나는 송종태의 숨은 표정을 읽으려 애썼다. 허리를 꼿꼿이 세운 채 총구를 겨누고 있는 송종태는 아무에게도 밀리지 않았고 아무것에도 거리낌이 없었다. 소년에게서 느껴지는 강한 기운은 도무지 수그러들 기미가 보이지 않았다. 게다가 총을 내려놓을 생각도 없어 보여 나도 모르게 화가 불끈 치솟았다.

"총만 들면 다야?"

성질에 못 이겨 욱하자, 화들짝 놀란 민수가 내 말을 잘랐다.

"그만해, 진구야. 우리를 죽이려는 게 아니잖아."

살그머니 민수가 내 팔을 잡았다. 송종태는 아까부터 말이 없었다. 나를 똑바로 노려보며 총을 단단히 쥐고 있을 뿐이었다. 송종태는 눈도 깜박이지 않고 그대로 한참을 서 있었다. 얼마나 지났을까, 송종태는 총구를 슬그머니 바닥으로 내렸다.

"여기서는 싸우지 않갔슴매."

송종태가 한 발짝 뒤로 물러섰다.

"그래요, 잘 생각했어요."

민수가 조심스레 거들었다.

"조국 통일을 위해 외세를 몰아내는 것이, 내래 이 전쟁에 참여한 이유요. 조국 해방을 위해서 목숨을 내놓고 여기에 온 것이란 말임매."

송종태는 확신에 찬 말투와 결연한 표정으로 우리를 똑바로 응시했다.

"으음, 그러니까 이 자리에서는 서로 해치지 말자는 거죠……."

민수가 부탁하듯 말하자 송종태가 우리를 안심시키려는 듯 묵묵히 대답했다.

"알갔슴매."

우리는 바위틈 사이에 다시 자리를 잡고 서로 어색하게 앉았다. 작은 방 아랫목에 앉은 것마냥 가까운 거리였다. 몸의 거리만큼 마음의 거리도 가까우면 얼마나 좋을까.

"아까, 우리 첨 봤을 때 많이 놀랐죠?"

분위기를 전환시키려는 듯 민수가 말을 꺼냈다. 송종태는 어색한 듯 눈치를 조금 보더니, 곧 붙임성 있게 한마디 했다.

"처음 봤을 때는 얼마나 놀랐는지 혼이 빠지는 줄 알았지 뭐이오."

대답이 재미있었다.

"우리도 그랬어요. 얼마나 놀랐는지 귀신인가 했네요."

팽팽한 긴장을 누그러뜨리려 무던히 애를 썼다.

"같은 민족이라 그런가, 사투리가 있어도 말이 잘 통하는 것 같은데요. 그죠?"

송종태가 대답을 곧잘 하자 신이 난 민수가 내친김에 이야기를 이어 갔다.

"설이나 추석 때 북에서는 어떤 놀이를 해요?"

송종태가 잠시 머뭇거리더니 말했다.

"역시 팽이치기 아니겠슴매?"

정말 그랬다. 설에는 누가 뭐래도 팽이치기가 최고였다. 우리도 겨울이 되면 동네 아이들과 누가 더 팽이를 오래 돌리나 내기를 했다. 팽이는 원뿔 모양으로 깎은 나무 팽이를 채로 잘 후려 팰수록 얼음판 위에서 오랫동안 잘 돌고 돌았다. 어쩌다 손바닥 위에서 돌리기도 하는데, 그러면 거의 묘기와 같았다.

"내래 우리 동네에서 팽이 돌리기 최고였슴매."

송종태가 팽이에 대해 자신 있게 말했다. 팽이를 만들기 위해 박달나무나 대추나무를 찾아 동네를 휘젓고 다닌 적이 있다고 했다. 이야기하는 동안 그의 표정이 훨씬 부드러워졌다.

"연날리기도 있죠."

연을 곧잘 만드는 민수가 환하게 웃었다. 가오리연이랑 방패연은 어른과 비교해도 뒤지지 않을 만큼 잘 만들었다.

"우리 아버지가 만든 방패연이 정말 최고인데."

이야기를 시작하고 얼마 되지 않아 민수는 아버지 이야기를 꺼냈다. 나는 녀석을 위로해 주고 싶었다.

"맞아, 그건 사실이야. 솔직히 나도 엄청 부러웠어."

"아버지가, 아버지가 나를 기다리고 계실 거야……."

나도 엄마와 동생이 보고 싶어 코가 찡했다. 송종태가 이런 분위기를 눈치챘는지 뜸을 들이다 조용히 말했다.

"우린 연 띄우기라 하오."

긴장이 가시지 않은 가운데, 송종태의 뜬금없는 말에 우리는 웃음보가 터졌다.

"크크크……."

"하하하……."

송종태도 크게 웃었다. 앳된 소년의 순수한 웃음이었다.

"게다가 새해 첫날에는 눈처럼 하얀 가래떡으로 만든 떡국을 끓여 먹지요. 어머니가 계란 지단을 만들어 노랗게 하얗게 고명을 올려 주시고요."

"가래떡이 기다라니까 건강하게 오래 살라는 의미라고 하던데……."

내 말에 민수가 양손으로 긴 가래떡 모양을 흉내 냈다.

"맞소. 우리도 설에는 조롱이 떡국을 먹소."

"조롱이 떡국?"

처음 들어 보는 떡국이었다.

"누에고치 모양으로 만든 떡임매. 가운데가 움푹 들어가 조롱박 같다고 해서 이런 이름이 붙었다 하오."

"맛있겠는데, 한번 먹어 보면 좋겠네요."

"맛이 아주 좋소. 개성 전통 떡인데 먹으면 장수한다는 의미도 있슴매."

"먹는 이야기를 하니까 자꾸만 배가 고파요."

내 뱃속에서 꼬르륵 소리가 우렁차게 울렸다.

"금강산도 식후경이라 했슴매."

"하하하."

"크크크."

"그런데 금강산은 어디지?"

민수 혼잣말에 송종태가 그것도 모르냐는 표정을 지었다.

"북에 있다는 것을 모르오? 풍광이 수려해서 매우 유명한 명산임네."

"나중에 꼭 한번 가 보고 싶네요. 금강산. 이름도 참 멋지네요."

한참 동안 가족과 고향 이야기, 놀고먹는 이야기를 하고 보니 대화가 통하는 듯했다. 우리가 이곳에 있는 이유는 서로 달랐다. 그저 뜻하지 않게 전쟁의 화마 속에 휩쓸렸고, 그것은 이 자리에 있는 그 누구의 잘못도 아니었다.

밤이 칠흑같이 깊어졌다. 몸이 피곤하니 졸음을 이겨 내기가 쉽지 않았다. 어떻게든 졸지 않으려고 허벅지를 세게 꼬집었다. 송종태가 가지고 있는 총을 부릅뜨고 쳐다보았다. 그가 나를 제대로 보았으면 깜짝 놀라 혼비백산할지 모를 일이었다. 그렇게 시간이 흘러 멀리 하늘 끝에서 희미하게 동이 트고 있었다.

"아, 날이 밝아 오네."

찬 공기를 들이마시며 깊게 심호흡했다. 송종태가 옆에서 쳐다보며 따라 했다. 새벽안개가 걷히고 붉은 태양이 힘차게 떠오르고 있었다. 먼저 입을 뗀 것은 송종태였다.

"덕분에 밤을 잘 보냈소. 이제 서로 갈 길을 가는 것이 좋겠습매. 다른 사람들이 보기라도 하면 접선하는 줄 알고 경을 치를 것이 분명함매."

같은 생각이었다. 서로 고개를 끄덕였다.

"부디 몸조심하고 다음에는 통일된 조국에서 만나자."

이제야 편히 말을 놓을 수 있었다.

"꼭 그카갔수다. 내 이름 기억하기오. 나도 기억하갔음."

"응, 송종태. 잊지 않을게!"

내가 악수를 청하자, 들고 있던 총을 왼손으로 옮긴 송종태가 내 오른손을 잡았다. 작지만 거친 손길이 느껴졌다.

아주 멀리서 포탄 터지는 소리가 쾅쾅거렸다. 우리 힘으로는 도저히 어떻게 해 볼 수 없는 슬픈 전쟁이 계속되고 있었다.

함께 밤을 지새웠지만 이제 각자 갈 길을 가야 한다. 언제까지 살아 있을 거라고 보장할 수 없으니, 다시 만나자는 말도 약속이 될 수 없었다. 어쩌면 어느 순간 서로에게 적이 되어 목숨을 걸고 싸울지도 모를 일이다.

송종태가 먼저 돌아섰다. 그 뒤로 노란 햇살이 바람에 실려 왔다. 북한 소년병과 함께 지샌 밤은 일생일대 위기가 분명했지만, 잊을 수 없는 운명 같은 만남이었다. 자기 어깨높이와 비슷한 총을 씩씩하게 둘러멘 송종태의 뒷모습이 뇌리에서 오랫동안 사라지지 않았다.

"부대로 복귀하자."

"그래야지."

우리는 산 능선을 타기 위해 산봉우리 쪽을 향해 올라갔다. 부대원들이 흩어진 곳까지 갔으나 아무도 보이지 않아 절망스러웠다. 우리는 바위 옆에서 잠시 쉬기로 했다. 배가 몹시 고팠다. 어제 낮에 대충 식사를 한 이후, 건빵 몇 개 먹은 것이 전부이니 배가 등에 붙을 지경이었다. 졸음이 몰려와 눕고 싶었으나 그럴 수도 없었다. 전투 지역은 언제나 위험했기 때문이었다.

"다시 출발하자."

내가 말했다.

"어디로?"

"글쎄. 능선을 따라가 볼까?"

"그러다 북쪽으로 넘어가면?"

"아이고, 그럼 어쩌냐?"

"여기서 기다리고 있으면 김 하사님이랑 철규 형이 우리를 찾으러 오지 않을까?"

"그러면 좋겠지만 그냥 이렇게 있다가 북한군에게 발각되면?"

"으으으……."

민수가 괴로워했다.

"걸을 힘이 없어. 뭐 먹을 거 없나?"

"저쪽으로 가 보자. 먹을 수 있는 나무뿌리나 열매라도 있으면 좋겠는데……."

"힘들어."

"그래도 일어나 봐. 조금씩이라도 움직여야 해."

자리에서 일어나 천천히 걸음을 옮기는데, 갑자기 인기척이 들렸다. 눈이 솔방울만큼 커진 상태로 민수랑 나는 서로를 쳐다보았다. 얼마나 놀랐는지 일어서다 말고, 바위에 몸을 바짝 붙였다. 무슨 일이 터질 것처럼 불안했다.

'이러다 정말 북으로 잡혀가는 거 아냐? 그렇게 되면 엄마도, 순구도, 고향 마을도, 영영 다시는 못 볼지 몰라.'

까마득했다. 땅에 고개를 박은 채 숨소리까지 죽였다.

"진구야!"

익숙한 목소리가 들렸다.

"어? 철규 형 아냐?"

"그래, 맞는 것 같은데. 설마 헛소리가 들리는 건 아니겠지?"

더 가까이서 들리는 목소리.

"민수야!"

우리는 눈을 크게 뜨고 서로 바라보았다.

"야, 이건 김 하사님 목소리인데?"

민수는 고개를 들어 사방을 둘러보았다.

"그래, 그래. 맞다, 맞아. 맞는 것 같아."

김 하사의 목소리가 이토록 반갑다니 정말 뜻밖이었다.

"우리를 찾으러 왔나 봐."

너무 좋아서 우리는 양손을 맞잡고 펄쩍펄쩍 뛰며 흥분했다.

"여기예요. 저희 바위 근처에 있어요."

낮은 목소리로 조심스럽게 대답했다. 그때였다. 형과 김 하사가 시야에 보였다.

"휴우우우……."

안도의 한숨이 길게 흘러나왔다.

문득 송종태의 안부가 궁금했다. 북한 소년병이 별 탈 없이 안전하게 이곳을 떠났기를 바랐다.

"민수야, 잠시만. 어젯밤에 송종태 만난 일 말이야."

"그래. 말하지 말라는 거지? 송종태가 잡히면 안 되니까."

"맞아."

내 속내를 알고 있었다. 민수는 힘차게 고개를 끄덕였다. 우리는 북한 소년병을 만난 사실을 아무에게도 말하지 않기로 약속했다. 그에게도 우리에게도 목숨이 위험할 수 있어서였다.

"김 하사님, 여기요. 여기!"

우리는 손을 흔들었다.

"너희들, 괜찮아?"

김 하사가 가까이 다가와 반갑게 물었다.

"예!"

"예!"

우리는 뭉클함에 탄성을 질렀다. 이제 살아났으니 마음이 놓였다. 항상 냉정하다고 여긴 김 하사가 우리를 걱정하고 있었다니, 진심으로 고마웠다.

"다른 사람은? 남서준은 살았어?"

다짜고짜 형에게 물었다.

"응, 쩌그 계곡 능선 위로다가 동굴이 하나 있드라고. 아주 꼭꼭 숨어 있더랑께."

남서준도 우리처럼 낙오되었다가 다시 만났다니 참으로 다행이었다.

7. 아라리가 났네

소이산을 붉게 물들였던 단풍이 우수수 떨어지더니 때 이른 추위가 찾아왔다. 이곳은 다른 곳보다 더 춥고 쌀쌀했다. 지게 부대원들은 틈날 때마다 산속을 누비며 땔감을 구해 왔다. 점심이 지난 시간이었다. 철규 형이 벌떡 일어나 주섬주섬 옷을 챙겨 입고 나갈 채비를 하고 있었다.

"금방 들어와 놓고 또 어딜 가려고?"

"잉, 앞산에 잠깐 다녀올라고 혀."

"앞산은 왜?"

"쫌만 지달려 봐. 곧 알게 될 껑게."

씽긋 웃으며 밖으로 나갔다. 앞으로 굽은 형의 뒷모습이 신경 쓰였다. 시간이 날 때 조금이라도 편히 쉬면 좋으련만, 뭘 하려고 다시 산에 가는 걸까.

두어 시간 뒤에 막사 앞에 나무를 부려 놓은 게 보였다. 신갈나무와 튼튼한 밤나무 가지였다.

"너그들 체구에 딱 맞는 적당한 지게를 맹그라 줄라고 그란당께."

"우리 지게라고?"

"그려. 너그들 거."

대답하던 형이 환하게 웃었다. 큰 나뭇가지를 톱으로 자르고, 잔가지를 말끔하게 쳐내니 어엿한 지게 모양으로 바뀌어 있었다. 꼭 알파벳 A 자 모형과 비슷했다.

"이 지게, 꼭 집에 가져갈 거야. 아들 낳으면 물려 주고."

민수가 지게를 가리키며 말했다.

"요건 또 뭔 소리당가. 장개는 갈랑개 벼."

"하하하."

형과 민수가 서로 주거니 받거니 대화하는 것을 듣고 덩달아 신이 났다.

"나도 가져갈래."

한마디 얹자, 이번에는 서준이가 끼어들었다.

"나도, 나도."

형이 이마에 송글송글 맺힌 땀을 닦으며 말했다.

"너그들만 보면 내 동생 병규가 떠오른당께. 병규가 어릴 적부터 몸이 좀 허약혔어."

전쟁 통에 가족 소식을 듣지 못했으니, 친척들과 피난을 떠난 동생이 얼마나 보고 싶을까. 잠자리에 들기 전, 형은 우리에게 항상 다짐을 받았다.

"너그는 꼭 살아서 집으로 돌아가야 혀. 알았제?"

"응. 알았어, 약속할게."

혹시라도 씩씩하게 대답하지 않으면 다시 물어 반드시 대답하게 했다.

"형은 꼭 살아서 동생을 찾아야 해. 알았지?"

"당연허제. 나는 동생 없으면 못 산당께. 앞으로 평생토록 잘해 줄랑께 걱정들 말어."

철규 형은 믿음직하고 정말 성실한 사람이었다. 그렇게 우리에게 다짐을 받고 나면 어김없이 영암은 물이 좋기로 유명하다고, 고향 마을을 자랑했다. 얼음을 담가 놓은 것처럼 물이 투명하고 시원해서 발만 넣어도 곧바로 몸이 서늘해진다고 했다.

고향 이야기는 끝이 없었다. 물놀이하기 좋은 계곡에서 친구들과 신나게 뛰어놀던 이야기, 불길이 활활 숨 쉬는 아궁이에 고구마, 감자, 군밤을 맛나게 구워 동생과 먹던 이야기, 밥을 먹은 후 구수한 누룽지에 귀한 설탕을 솔솔 뿌려 주셨던 어머니 이야기…….

철규 형 이야기는 언제 들어도 흥미진진하고 재미있었다. 게다가 영암에서 노래 잘하기로 으뜸이었던 외할아버지가 노래를 부르다가 그대로 쓰러져 돌아가셨다는 이야기를 들었을 때, 선조의 피를 이었으니 당연히 형도 노래를 잘하리라 짐작되었다. 사투리를 써도 형의 목소리는 정말 듣기 좋았다. 형이 말을 시작하면 편안해지면서, 마치 전쟁터가 아닌 다른 곳에 있는 것 같은 착각이 들었다. 그러다 멀리서 포탄 소리가 들려오면 조곤조곤 말하는 형의 목소리가 혹시나 하는 긴장과 불안감으로 갑자기 잦아들곤 했다.

전쟁은 우리의 삶을 무자비하게 망가뜨렸다. 전쟁터에서 하루하루를 살아 내는 일은 직접 경험해 보지 않고서는 도저히 이해할 수 없을 것이다. 이곳에서 옳고 그름은 따로 없다. 살아 남느냐 죽느냐가 기준이었다. 사람이 벌인 전쟁의 잔인함은 도 대체 어디까지일까. 전쟁이 끝나기는 하는 걸까?

고단하고 힘든 날이 기약 없이 이어지던 날이었다. 부대원들 은 새벽부터 어김없이 쾅쾅 터지는 포탄 소리를 들으며 탄약과 식량을 짊어지고 백마고지로 향했다. 소이산은 지리적 위치와 군사적 중요성으로 혈전이 끝없이 이어졌다. 광활한 철원 평야 일대 또한 서울로 통하는 국군의 주요 보급로였으니 절대 물러 설 수 없는 곳이었다.

물자를 고지로 옮기는 일은 주로 낮에 하지만, 상황이 급하 게 돌아가면 밤낮을 가리지 않을 때도 많았다. 밤에 고지로 올 라갈 때면 길을 잃어버리지 않기 위해 앞뒤 사람 허리에 줄을 동여매고 이동했다. 서로를 줄로 연결해 놓다 보니 한 사람이 실수로 넘어지면, 그 뒤로 연달아 넘어지는 큰 사고가 더러 일 어났다. 무거운 지게를 지다 보니 작은 일이 큰 사고로 이어지 기도 했는데 우리는 줄 맨 끝에 있어서 그나마 다행이었다. 부 대원들이 앞에서 줄줄이 넘어지면 함께 넘어질 것에 대비해 마 지막 사람은 줄을 풀고 도망칠 시간적 여유가 있었기 때문이었다. 부대원 아저씨들은 나이 어린 우리를 항상 안쓰러워하며 챙겨 주었다.

그러던 어느 날이었다. 폭격이 쏟아지는 틈새로 간신히 고지에 올랐다가 아군이 수세에 몰리는 바람에 적에게 포위당하는 위험천만한 일이 벌어졌다. 지게 부대원들은 근처 계곡으로 뿔뿔이 흩어져 꼭꼭 숨었다. 하나뿐인 목숨은 각자 알아서 챙겨야 했다. 다리가 후들거렸다. 우리는 아저씨들 옆에 붙어 다녔다. 그런 부대원들 얼굴이 하나같이 전부 누렇게 들떠 있었다. 제대로 먹지도, 쉬지도 못해서였다.

"진구야, 어째 오늘따라 배가 더 고픈 것 같다."

"나도 그래. 이러다 배고파 죽을지도 모르겠다. 아이고."

바짝 들러붙은 뱃가죽을 내려다보다가 옆에 있는 키 작은 나무뿌리를 쥐어뜯었다. 흙을 살살 털어 내고 조심스럽게 입에 가져갔다. 먹어도 되는 건지 아닌지 구분이 되지는 않았지만 배가 고프니 일단 뭐라도 씹는 것이 나을 것 같았다. 잘근잘근 뿌리를 씹으니 입안에서 쓴맛이 훅 돌았다. 저절로 인상이 구겨졌다. 그래도 배를 곯는 것보다는 나았다. 이럴 때 칡뿌리라도 찾으면 얼마나 행복할까.

민수에게 쓰디쓴 나무뿌리를 건네자, 입에 넣고 씹다가 곧바로 퉤퉤 뱉어 냈다.

"야, 이건 해도 해도 너무 쓰잖아."

"하하하."

나는 배를 잡고 웃었다. 민수가 주변을 이리저리 살피더니, 가까이 있는 나무로 살금살금 기어 올라갔다. 매달려 있는 열매를 두어 개 뚝뚝 따서 하나를 내게 던져 주었다. 먹어도 되는지, 탈이 나진 않을지 부대원 아저씨들에게 물어보았다. 다행히 먹을 수 있는 것이라 했다. 얼른 입에 넣고 씹었다. 떫었지만 뭐라도 입에 넣으니 기분이 나아졌다. 민수가 다시 나무로 올라가 몇 개 남은 열매를 따서 부대원들에게 나눠 주었다. 아저씨들도 어쩔 수 없었는지 열매를 입에 넣고 씹었다. 어찌나 떫은지 한 사람도 빠짐없이 인상을 썼다. 그 모습이 우스꽝스러웠다. 그렇게 서로의 얼굴을 보며 잠시나마 위로했다.

숨어 있는 시간이 길어지자 날이 점점 어두워졌다. 산짐승 울음소리가 더 크게 들려왔다. 너무 무서웠다. 산속에서는 날이 어두워지면 짐승들에게 공격받지 않기 위해 번갈아 보초를 섰다. 순서는 제일 먼저 철규 형, 남서준, 나, 그리고 민수 차례였다. 나는 얼른 민수와 서로 몸을 기대고 눈을 감았다. 짧은 시간이나마 최대한 쉬면서 체력을 보충할 수 있었다.

형이 첫 번째로 보초를 서는 동안 우리 셋은 단잠을 잤다. 시간이 얼마나 흘렀을까. 형이 남서준을 흔들어 깨우는 소리가 들렸다. 그가 부스럭거리며 일어서는 게 느껴졌지만 나는 조금 더 자고 싶은 생각에 꿈쩍도 하지 않았다. 그러다 꿈결에 들린 김 하사의 날카로운 목소리에 잠이 깼다.

"보초는 어디 가고 모두 잠만 자는 거야?"

"으악, 깜짝이야."

어스름한 달이 사라지고 동이 트는 중이었다. 우리는 김 하사의 목소리에 정신이 번쩍 들었다. 그런데 정말로 서준이가 보이지 않았다. 우리가 졸고 있던 사이, 보초를 서던 남서준이 어디론가 증발해 버린 것이다.

"아, 이 자식, 또 일 쳤네."

눈을 비비던 민수가 말했다. 이렇게 위험한 상황에서 왜 그랬을까. 도대체 무슨 꿍꿍이가 있는 걸까?

김 하사의 얼굴이 붉으락푸르락했다. 옆에 있는 철규 형까지 안절부절못했다. 책임지고 데리고 있겠다 했는데, 또다시 일이 생겼으니 뒷감당을 어떻게 해야 할지 한숨부터 나왔다.

"어휴."

"모두 집합!"

"인원수 파악해서 보고해!"

새벽공기가 차가워 코끝이 살짝 시렸다. 경황없는 이 틈에 부대를 벗어난 사람이 더 있는지 확인하려는 것이었다. 지게 부대원들은 놀라서 말이 없었지만 아무도 남서준을 탓하지 않았다.

그렇게 위험한 순간을 넘기고 부대로 복귀한 지 한 달이 넘었다. 그사이 큰 전투가 여러 번 있었고, 하루하루 살아남기 위해 애쓰던 우리는 서서히 서준이를 잊어 갔다. 남서준을 다시 붙잡아 오라는 김 하사의 명령이 있기는 했지만 찾으러 다닐 겨를이 없었다. 전투가 치열한 상황이라 부대를 벗어날 수 없었고, 또 나간다 해도 어디에서 어떻게 찾을 수 있을지 아무도 장담할 수 없었다. 그래서일까, 오히려 엉뚱한 상상이 떠오르곤 했다.

'남서준은 무사히 집으로 돌아가 가족들과 함께 있을 것이다. 동생들을 보살피고 아픈 어머니를 봉양하며, 세상에 둘도 없는 훌륭한 가장이 되어 있겠지.'

우리의 바람을 담아 꼭 그랬으면 좋겠다는 뜻이었다.

근래 전쟁이 더욱 치열해지고 있었다. 이렇게 전쟁이 계속되다가 내 인생이 어디론가 훌쩍 사라지는 건 아닐까, 불안하고 절망스러웠다. 우리 표정을 살피던 철규 형이 다가왔다.

"어찌 점점 표정이 어두워지냐? 오늘은 느그들을 위해 내가 노래를 하나 불러 줄랑께 잘 들어 봐라잉. 내가 이래뵈도 고향에서는 알아주는 가수당께."

다정한 목소리였다. 형이 말하면 왠지 수긍이 갔다. 형은 먹을 것이든 입을 것이든 필요한 것을 먼저 챙겨 주고 지친 몸을 북돋아 주었다. 무얼 하던 항상 열심이었고, 마치 오늘 하루만 사는 사람처럼 모든 일에 최선을 다했다.

"가랑잎이 휘날리는……."

낮은 목소리로 노래를 불렀다.

"우아."

나도 모르게 입을 벌리고 감탄을 내뱉었다. 노래 실력이 출중했다. 역시 외할아버지의 피가 흐르나 보다. 점호가 끝나고 지친 부대원들이 자리에 누우면 형은 종종 작은 목소리로 가만히 노래를 불러 주었다. 적막한 밤에 노래를 들으면 애틋한 슬픔이 조용히 가라앉았다. 노랫소리와 바람 소리가 어우러져 우리의 슬픔과 아픔까지 따뜻하게 안아 주었다.

이 노래는 유명한 가수가 부른 것이라고 아저씨들이 귀띔해 주었다. 고향 마을의 이장님 댁에 라디오가 하나 있기는 했지만, 그 노래를 실제로 들어 본 적은 없었다. 라디오에서 지지직거리며 방송이 흘러나오면 동네 아이들과 담벼락 아래 모여 앉아 귀를 기울였던 기억이 났다.

"근디 노래를 부르면 말이여. 위로받는 맴이 든당께."

노래를 마친 형이 나지막이 속삭였다. 지게 부대원 모두가 노래를 듣고 큰 위로를 받았다. 같은 처지에 있는 사람들끼리 느끼는 깊은 연대감이었다.

"이렇게 노래를 잘하는 사람은 첨 봤어. 전쟁이 끝나면 형이 꼭 가수가 되면 좋겠어. 라디오를 켜면 언제나 형의 노래를 들을 수 있게 말이야."

나는 신이 나서 말했다.

"참말로 내 노래에 홀딱 반했능갑써."

나는 양손 엄지를 척척 들어 올리며 웃었다. 나중에 연락이 끊기더라도 형이 유명해지면 찾아갈 수 있다는 확신이 들어 기뻤다. 형은 내친김에 아리랑도 불러 주었다.

"아리아리랑 쓰리쓰리랑 아라리가 났네. 아리랑 응응응 아라리가 났네."

아리랑 노래가 끝났을 때 민수가 눈을 동그랗게 뜨고 물었다.

"그런데 아라리가 뭐야?"

기분 좋게 콧소리를 흥얼거리던 형이 화들짝 놀라 눈을 껌뻑거렸다.

"그, 그니께 그게 말이여⋯⋯."

한참을 기다려도 답이 없자 우리는 마주 보았다. 고개를 이리 갸웃, 저리 갸웃거리던 형이 고개를 막 흔들어 댔다.

"워매, 나도 잘 모르겠다. 아따 느그들 시방 나를 놀리는 것이제? 맞제?"

"아니, 참말로 몰라서 물었당께."

"형도 시방 엉터리 같구먼. 하하하."

나는 형 말투를 흉내 냈다. 사투리를 따라 하니 웃음이 나와 배꼽을 잡았다.

노래를 듣는 순간만큼은 진짜로 아라리가 났다. 형이 팔을 허공으로 뻗어 춤사위라도 추면, 학 한 마리가 날개를 크게 펼

치며 힘차게 날아오르는 착각이 들었다. 세상에 이렇게 멋진 사람이 있을까. 전쟁이 아니었으면 아마도 평생 만나지 못할 귀한 인연이었다.

8. 깡통으로 차린 제사상

며칠 뒤, 형이 평상시와 다른 느낌으로 막사를 분주하게 돌아다녔다. 그 모습을 의아하게 보고 있던 나와 눈길이 딱 마주치자, 형은 움찔하더니 겸연쩍은 표정을 지었다.

"오늘 밤, 달이 높게 뜨면 공터 끝자락에 있는 소나무 알제? 거그로 민수허고 잠깐 나와 봐."

"무슨 일 있어?"

"응, 그러제."

형 말이라면 팥으로 메주를 쑨다고 해도 믿을 수 있었기에 당연히 그러겠다고 했다. 지게 부대원들은 찰떡같이 붙어 다니는 우리를 보며 삼 형제 같다고 했다. 나는 솔직히 그 말이 듣기좋았다. 형제라는 말에서 안도감이 들고 편안해졌다. 서로를 지켜 주고 이어 주는 끈끈한 정이 전쟁이라는 극한의 상황을 견뎌 낼 힘과 하루하루 살아갈 용기를 만들어 주고 있었다. 문득 남서준과 북한 소년병 송종태의 얼굴이 떠올랐다.

부대를 벗어난 남서준의 소식을 아는 사람은 아무도 없었다. 더는 그와 관련한 이야기는 들리지 않았다. 벌써 잊어버린 건지, 그에 대해 말하는 사람이 아무도 없었다. 탈영이라고 했지만 남서준도 우리처럼 원하지 않게 끌려왔고 다시 민간인으로 돌아간 것뿐이다. 부디, 이 험한 난리통에 끝까지 살아남아 가족들과 무사히 지내기를 빌고 또 빌었다.

통일된 조국을 위해 전쟁에 참여하게 되었다는 송종태는 어떻게 지내고 있을지 한동안 궁금했다. 남과 북은 같은 민족이기 때문에 반드시 통일되어야 한다고 말하던 모습이 또렷했다.

막무가내로 끌려왔지만, 이곳에서 아무런 고민 없이 무작정 세월을 보낼 수는 없었다. 하지만 해방이라는 말을 깊이 생각해 보지 못한 나로서는 그 단어가 너무나 어렵기만 했다.

철규 형이 무슨 일로 그 밤에 밖에서 만나자고 했는지 궁금했다. 사실, 지금까지 그런 적이 한 번도 없었다. 도대체 무슨 일이 생긴 걸까.

오른쪽으로 기운 달이 보름을 향해 채워 가는지 산기슭을 환하게 밝히고 있었다. 점호를 마치고 자는 둥 마는 둥 누워 있던 민수가 벌떡 일어났다.

"진구야, 나갈 때가 된 거 같은데. 빨리 가 보자."

"벌써?"

"아까 보니까 형이 바쁘게 돌아다니던데 무슨 큰일 있는 거 아냐?"

호기심 넘치는 눈빛으로 민수가 말했다.

"글쎄."

부대원들이 깨지 않도록 살금살금 걸어 나와 공터로 향했다. 멀리 낯익은 소나무가 보이고, 그 아래에서 철규 형이 검은 그림자처럼 이리저리 움직이고 있었다. 가까이 다가가 보니 바닥에 넓적한 나무판자가 가지런히 놓여 있고, 그 위에는 미군들이 먹는 고급 깡통과 빈 그릇 세 개가 놓여 있었다.

"이게 다 뭐야?"

차려진 음식을 보며 물었다.

"지다려 봐. 오늘이 내 부모님 제삿날이여. 두 분이 한날한시에 같이 돌아가셔 붓어."

"어?"

우리는 깜짝 놀랐다. 제사상을 차린 것이다. 오늘에야 처음 듣는 이야기였다. 뭔가 복잡한 사연이 있는 게 분명하다. 이곳에 온 사람들 모두 속사정이 있겠지만, 형 가족에게 무슨 일이 있었던 걸까.

형은 군인들이 먹는 고급 깡통을 내용물이 쏟아지지 않도록 조심스레 열었다. 곧바로 그릇 세 개가 가득 찼다. 형이 옷매무새를 만지며 일어서더니 제사상에 큰절을 두 번 올리고 반절을 연달아 한 뒤 그 앞에 무릎을 꿇고 고개를 숙였다. 무슨 기도를 하고 있을까. 형의 부모님은 어떻게 돌아가신 걸까. 무척이나 궁금했다.

보초를 서는 군인이 우리를 슬쩍슬쩍 쳐다보았다. 멀리서 새 우짖는 소리가 청아하게 들렸다. 밤이 깊어 가고 있었다. 묵념을 마친 형이 우리를 돌아보았다.

"너그들허고 같이 묵을라고 오라고 한 것이여."

"그런 거였구나."

진지한 눈빛을 보니, 한날한시에 돌아가셨다는 부모님의 사연이 더 궁금해졌다.

"제삿날이라고 헝게 김 하사님이 깡통을 챙겨 주시더라고. 참말로 고맙게 말이여."

"어? 차가운 뱀이?"

차가운 뱀은 김 하사의 별명이었다. 사실 그가 지난번에 우리를 구하러 와 준 일도 고마웠다. 어쩌면 김 하사는 보기보다 훨씬 더 좋은 사람일지도 몰랐다.

"불러 줘서 고마워."

차분히 말을 건네자, 형이 음식을 우리 쪽으로 밀어 주었다.

"자자, 싸게 먹드라고."

"부모님은 어떤 분들이었어? 궁금하다. 형은 누구를 닮았어?"

내가 부모님 이야기를 해 달라고 조르자, 오히려 걱정스레 나를 바라보았다.

"진짜 듣고 자프냐? 이 얘기는 아주 무서운 얘긴디."

"무서운 이야기?"

민수가 눈을 크게 떴다.

"그래도 무슨 일인지 듣고 싶어."

나도 진짜로 무슨 일이 일어난 건지 궁금했다.

"이잉, 실은 너그들도 알아야 되는 일잉께. 나맹키로 이런 일을 당허면 안 됭께……."

형이 고개를 들고 우리를 진지한 표정으로 바라보았다. 이야기를 시작하는 목소리가 가느다랗게 떨리고 있었다.

"거짐 이 년도 더 지난 일이여. 전쟁이 터지고 몇 달 지난 무렵인디 말이여. 국민보도연맹이라고 들어 봤능가 모르겄다."

"글쎄……."

우리는 고개를 가로저으며 잘 모르겠다는 표정을 지었다.

"그거이, 전쟁이 일어나기 한 해 전 일인디 말이여. 나라에서 예전에 뭐 잘못한 사람들의 사상을 뜯어고친다고 전국에 조직을 만들었제. 남로당에서 일했거나 청년 운동한 사람들을 대상으로 회원으로 가입시켰는디, 우리 같은 시골에는 그런 사람들이 거의 없제. 그니까 경찰서에서 지서마다 몇 사람씩 가입시키라고 인원을 할당히서 어면 촌사람들이 가입힜제. 보도연맹원이 되면 보리쌀 한 되 준다, 이런 식으로 마을 사람들을 꼬셔서 죄다 자기 이름을 써넣고 손도장을 찍은 일이 있었제."

민수가 궁금하다는 듯 끼어들었다.

"나라에서 만든 조직이니까 좋은 단체 아냐?"

"말만 들으면 그렇겠지만 사실은 다르제. 그렇게 만들어 놓고는 가끔 지서에 불러다 반공 교육을 시키고 그랬당께. 사상이라고는 아무것도 모르는 사람들이 보도연맹원이 돼아 뿡 거제. 그러고는 1950년 6월에 전쟁이 터지고 낭께, 거기에 서명한 사람들을 좌익이라고 몰아댐선 몽땅 경찰서로 소집히서 끌고 가 부렀제. 그러다가 북한군이 차츰 남한을 점령해 옹께 유치장에 잡아 둔 사람들을 골짜기로 끌고 가 걍 죽이 분 거여. 죄를 지었으면 재판으로 처리히야 허는디, 그런 절차도 없이 전국에서 셀 수 없이 많은 사람들을 걍 죽여 분 거여. 한 구뎅이에다 전부 같이 매장시켜 놔 부러서 시신을 찾을 수 없게 맹그라 분 거여."

그토록 끔찍한 일이 벌어진 사실에 너무 놀란 나머지 뭐라 입을 뗄 수가 없었다.

"그런 일이 있었어? 우리나라 경찰들이 그랬다는 거야? 경찰들이? 정말 믿을 수가 없네. 아니, 그래도 매장된 곳을 뒤져서라도 부모님 시신을 찾아야 하지 않았어?"

말은 했지만 정말 당황스러운 일이었다.

"동생이랑 그러려고 힛제. 불효하는 맘이었응께. 그런디 부모님 시신을 찾을라면 같이 묻혀 있는 사람들을 전부 헤집어야 허더란 말이여. 그건 아무리 해도 다른 가족한테 몹쓸 짓이 아니겄나 싶어 차마 손을 못 댔제. 그런디 나만 그런 게 아니라 다른 사람도 마찬가지였어. 아무도 손을 못 댕게 다들 자기 가족을 찾을 수 없었단 말이여."

형은 말을 삼킨 채 한참을 그대로 있었다.

"그러면 누가 요로코롬 힘없는 사람들을 죽이라고 명령혔디아?"

목소리가 파르르 떨렸다.

"높은 사람."

말하기 두려웠는지 민수 목소리가 작아졌다.

"아먼. 우리는 쳐다보도 못 헐 그런 높은 사람이것제?"

울분이 차는지 가슴을 두어 번 쳤다.

"그러지 않고서야 어치게 이런 일이 생기겄어. 아무 힘도 없는 사람들만 마구잽이로 쥑이 분 거제. 군인들허고 경찰들이 지대로 알아보지도 않고 걍 다 몰살시켜 부렀단 말이랑께."

우리는 너무 놀라 벌어졌던 입을 꾹 다문 채 듣기만 했다. 아무 말도 할 수 없었다.

"이건 나라가 아니랑께. 나라라고 하면 우선 국민을 잘 지켜 줘야 허는 거 아니겄어? 그러지는 못할망정 망나니가 돼 가꼬 그저 죽은 사람만 억울허게 돼 부렀제. 농사일배끼 모르는 농민들한테 보도연맹원이라고 총질을 해댄 건 증말로 말이 안 되는 일이제."

형이 어두운 먼 산으로 시선을 옮겼다. 어깨를 조금씩 들썩이며 숨을 몰아쉬는 것을 보고, 속으로 통곡하고 있다는 사실을 알았다. 그걸 보고 있자니 안타까워서 어떻게 해야 할지 알 수 없었다.

"그렇게 한날한시에 돌아가셔 붓제. 얼마 뒤 국군이 돌아오고 나서 동생을 딜꼬 외가로 갔는디, 거그서 징용이라고 요로케 억지로 끌려오게 된 거제. 허망허게 부모를 잃어 붓는디 인자는 혼자 있는 동생허고도 생이별허고 말았응께 얼매나 속상헌지 몰라. 시방 세상 돌아가는 일이 참말로 기가 맥힌당께."

사연을 들으며 세상에는 내가 모르는 불행이 참으로 많다는 것을 알았다. 부모의 허망한 죽음 앞에서 형은 슬픔과 분노로 일그러졌다. 이게 어떻게 가능한 일인가. 누가 그들에게 그런 힘을 주었단 말인가. 이건 해도 해도 너무나 잔인한 짓이었다. 형은 지금 어떤 힘으로 버티는 걸까. 머릿속이 엉켜 버린 실타래 같았다.

"혹시 이북에 친척이 있어?"

궁금해서 물었다.

"먼 외가 친척이 해주에 있다는 말을 들어 본 적이 있제."

'혹시 연관이 있는 걸까? 아니다, 그렇다 해도 이건 너무 기가 막힌 일이다.'

형의 가족 이야기를 듣고 있으니, 복사골에서 기다리고 있을 어머니와 순구 얼굴이 계속 떠올랐다. 민수 아버지와 동네 아이들, 마을 사람들 모두 보고 싶었다. 다들 어떻게 지내고 있을까. 뒤뜰에 삐죽빼죽 초록 새순을 내밀고 성큼성큼 자라는 눈치 없는 풀조차 그리웠다. 어서 빨리 집으로 돌아가 내 눈으로 직접 모든 것을 보고 싶었다. 모르긴 몰라도, 민수는 혼자 계신 아버지를 떠올리며 속앓이를 하고 있을 것이다.

삐삐삐삐이이, 삐이이이삐삐.

가까운 숲에서 이름 모를 벌레가 구슬프게 울었다. 우리 대신 가족이 보고 싶다는 말을 전해 주는 것 같았다.

"워메, 내 말이 너무 길어 붓네. 미안허고만. 어서 묵자, 묵어."

형은 손등으로 눈물을 쓱쓱 밀어내며 숟가락을 무겁게 들어 올렸다.

제사를 지내고 며칠 후, 놀랍게도 형의 동생에게서 소식이 왔다. 김 하사가 후방으로 근무지를 옮기는 동료 하사관에게 철규 형의 동생을 찾아 안부를 물어봐 달라고 부탁했는데 다행히 기별이 닿은 모양이었다.

그리운 형님 전상서

형님, 간밤에 지붕이 내리 앙글 정도로 눈이 겁나게 와 붓네요. 눈이 요로케 많이 오면 형님이 아궁이에 고구마를 구워 줬는데 기억허지요? 형님 계시는 곳에는 고구마 맛이라도 볼 수 있능가 모르겄소.

얼마 전 군인한테 지게 부대에 있는 형님 소식을 전해 들었소. 그간 안부를 알 수 없어 하루가 백 년 같도만 이제야 맴이 쫌 놓이요. 거그는 전투가 살벌하게 벌어지는 현장이라고 들었는디, 혹시 무슨 일이라도 생기먼 나는 어치게 살아갈까 두렵고 무섭소. 고향을 점령한 북한군은 후퇴했는디, 여전히 무서운 일들이 곳곳에서 벌어지고 있응께 걱정이 돼 밤에 두 발 뻗고 편히 잠을 잘 수가 없소. 이번에는 인민군을 도운 부역 혐의자를 색출헌다고 경찰과 군인들이 집을 샅샅이 뒤지고 댕기요. 아침에 눈 뜨먼 가슴이 벌렁거려 아조 죽었어요.

형님, 전쟁은 머 땀시 허는지 도통 모르겄소. 날마다 살 떨리는 이 괴로운 맴을 형님헌테라도 말을 히야, 울렁거린 심정이 쪼끔은 진정이 될 거 같으요. 나는 참말로 이 세상이 너무 무섭소. 여기를 떠나 외가가 있는 해주에 가 볼까 해 봤는디, 혹시 가다가 무슨 일이라도 생길까 봐 이러지도 저러지도 못 허고 그냥 하루하루 전디요.

좌우지간 내가 여그서 잘 전딤선 기다리고 있을랑께 아무 걱정 말고 몸 성히 돌아오시요. 지금도 부모님과 형님 생각허먼 혼자 여기 남아 있는 내 처지가 너무 처량허요. 나는 앞으로 어치게 살아가야 헌다요? 하루라도 빨리 전쟁이 끝나 형님이 돌아오기만을 기다릴라요. 내 맘 알것지요? 어디 다친 데 없이 몸 성히 지내다 돌아오길 간절히 빌고 있을께요. 그럼 형님 부디 건강히 잘 지내시오.

뱅뱅이골에서 박병규 올림

9. 짓눌린 어깨

1953년, 화사한 봄

다시 봄이 왔다. 봄나물이 지천으로 널렸다. 냉이와 달래, 쑥이 유난히 눈에 띄었다. 어머니가 된장을 풀어 국 끓여 주던 게 떠올라서 그랬을까, 마치 집 부엌에 있는 듯했다. 봄나물 냄새가 코끝에 향긋하게 피어올랐고, 알싸하고 쌉싸름한 맛까지 더해지면서 입맛이 확 돌았다. 얼었던 땅에서 쑥쑥 고개를 들고 올라오는 보드라운 새순을 뜯어 나물로 무쳐 먹던 기억이 새록새록 했다. 봄동, 냉이, 달래, 비름, 쑥, 씀바귀, 두릅, 참나물,

돌나물 등 셀 수 없는 나물들이 입안에서 향기를 내뿜었다.

봄이 되고는 밤마다 어머니 꿈을 꾸었다. 멀리 고향 들판에 아련하게 아지랑이가 가물거리고 내 앞에 어머니가 차려 준 작은 밥상이 보였다. 소반 위에 가지런히 담겨 있는 나물 반찬들이 하나씩 눈에 들어왔다. 마른침을 꿀꺽 삼키다 이내 속이 쓰려왔다. 초록 새싹이 뒤덮인 언덕 위에 흐드러지게 피어난 원추리꽃이 바람에 휘청거렸다. 넘실넘실 초록 잎사귀들이 힘차게 손을 내밀고, 나는 주황빛이 가득한 원추리를 향해 기꺼이 화답했다. 커다랗게 포물선을 그리며 마구마구 손을 흔들어 주었다.

"아, 아야."

어깨가 아파서 잠에서 깼다. 심한 통증이 밀려와 미간을 찌푸렸다. 현실로 돌아온 나는 어깨에 마를 날 없는 진물 때문에 지독한 통증을 느끼고 있었다. 무거운 지게 줄에 짓눌려 버린 상처가 전쟁터에 있다는 사실을 다시금 일깨워 주고 있었다. 짐을 나르는 일로 몸은 고단하지만, 언제 또 전투가 시작되나 걱정이 되어 제대로 잠들 수 없는 밤이 이어졌다. 그런 날에는 자다가도 작은 소리에 깜짝 놀라 눈을 번쩍 뜨기 일쑤였고 망치로 머리를 얻어맞은 듯 정신을 차리기 힘들었다.

부대원들은 종종 고지를 오르내리며 언덕에 핀 지칭개 풀을 뽑아 왔다. 그 풀을 종종 빻아 상처가 난 어깻죽지 위에 척척 올려놓으면 더 빨리 아물었다. 지칭개 풀은 국화과에 속하는 잡초인데, 밭둑에서 흔하게 볼 수 있는 자줏빛을 띤 붉은 꽃이다. 그냥 딱 보면 보라색으로 보인다. 봄에 막 자란 지칭개 순은 된장찌개에 넣어 끓이거나 잎을 살짝 데쳐 먹거나 쓴맛을 물에 우려내어 없앤 뒤 나물로 무쳐 먹기도 했다. 또 지칭개 잎사귀를 짓뭉갠 후 다친 데 바르는데, 짓찧고 으깨어 상처 난 곳에 바르는 풀이라 하여 '짓찧개'라 하다가 지칭개로 부르게 되었다.

"아이고 아파라. 형, 따갑다니깐. 살살 좀 해."

민수가 어리광을 부렸다.

"얌마, 너는 어찌서 맨날 엄살을 부렸쌌냐?"

"응? 엄살이 아니라 진짜 아파서 그러는 건데."

"야, 진구는 점잖게 있는 거 안 보이냐."

이 말을 들은 민수가 나를 향해 눈을 흘겼다.

"야야, 나도 무지하게 아파. 그냥 참는 거야."

내가 어물쩍 웃어넘기자, 민수가 고개를 돌리며 서운한 척했다.

형이 마지막 남은 지칭개 풀을 민수 어깨에 듬뿍 올린 뒤 천으로 단단히 싸매 주었다.

삐이이잉~ 삐이이잉~

갑자기 부대에 비상 신호가 울렸다. 장교들은 본부가 있는 막사로 허둥지둥 들고나기를 계속했다. 급하게 뛰어온 김 하사가 소이산 고지로 출발하라는 명령을 전달해 주었다.

부대원들은 평소보다 비장한 표정으로 각자 지게에 짐을 한껏 올리고, 고지를 향해 일사불란하게 움직였다. 피할 수 없어 늘 긴장되는 순간이었다. 오늘도 어제처럼 무사히 돌아올 수 있을까. 그 누구도 자신 있게 대답할 수 없었다. 고지를 탈환하는 전투가 점점 더 치열해지면서 죽거나 부상한 군인이 늘어났다. 얼마 전에는 지게 부대원이 여럿 다치고, 제법 많은 수의 군인이 죽었다. 하지만 또다시 전투물자를 옮기라는 명령이 떨어졌다.

"이건 죽으라는 말이잖아."

"아이고, 우리 목숨이 하루살이랑 다를 바 없네."

상황이 이렇게 좋지 않은데 그저 고지로 짐만 옮기라니. 기가 찬 일이지만 어쩔 도리가 없었다. 이런 와중에 어딘가에서 끌려온 민간인들이 부대로 계속 들어오면서 부족한 인원이 메꿔지고 있었다.

멀리서부터 징집당해 온 사람들. 우리처럼 저마다 사연이 있을 것이다. 이제는 민수와 내가 그들에게 이곳 산길을 인도해 주고 있었다.

새로운 사람들과 함께 고지에 올랐다. 여전히 우리의 임무는 고지를 지키기 위해 고군분투하는 군인들에게 식량과 전투물자가 떨어지지 않도록 전달하는 것이었다. 그중 가장 참기 힘든 일은 전투로 처절하게 사망한 병사들의 시체를 빈 지게에 싣고 산을 내려가라는 명령을 받을 때였다.

"어휴, 어떻게 죽은 사람을 지고 내려가?"

민수가 황당한 표정으로 말했다.

"그러게. 너무 무서워⋯⋯."

쉽게 대답할 수 없는 것들에 대한 고민이 자꾸만 늘어났다.

"죽으면 그냥 끝나는 걸까?"

"아니, 그러면 너무 허무하잖아."

"그럼 뭐라도 있는 거야?"

"글쎄……."

"아무것도 남지 않는다는 게 더 슬프다."

"사람은 누구나 죽잖아."

"그렇지. 그래도 헤어지는 건 정말 힘든 일이야."

"이렇게 얼떨결에 죽기는 싫어. 가족은 보고 죽어야지."

"야, 죽기는 왜 죽는다고 그래. 살아서 돌아가야지."

"그렇지, 그게 당연한 말이긴 하지만……."

죽음 앞에서 사람들은 의연하지 않았다. 그럴 수 없었다. 움직임이 없는 사람의 몸을 볼 때마다 간담이 서늘했다. 나중에 내가 죽어도 저런 모습이겠거니 짐작하다 보면 착잡한 마음이 들었다. 아무것도 할 수 없는 무기력함 그 자체였다. 차라리 꿈을 꾸고 있는 것이라면 얼마나 좋을까. 전쟁이 모든 것을 빼앗아 갔다. 목숨도, 사랑도, 추억도…….

부대원들이 거적으로 둘둘 만 시체를 지게에 얹었다. 그 무게는 감당할 수 없을 만큼이었다. 뒤에서 그 장면을 보고 있자면 더할 나위 없이 끔찍하기 이를 데 없었다.

10. 야전병원에서 만난 사람들

하루하루 힘들게 물자를 나르고 부대로 복귀하던 어느 날이 었다. 그날도 평소와 다를 바 없었다. 별안간 부대 가까운 곳에 서 폭탄이 쾅 소리를 내며 터졌다. 함께 있던 사람들이 사방팔 방으로 넘어지며 대열이 흩어졌다. 어렴풋하게 무슨 일이 벌어 지고 있는 건가, 기억을 더듬던 순간 펑 소리와 함께 몸이 허공 으로 날아올랐다.

"으아아아……."

눈을 떠 보니 야전병원 수술실이었다. 정신이 들면서 온몸에 통증이 밀려왔고 숨 쉬는 것조차 힘들었다. 수술실 문은 검은

홑이불로 차단막이 드리워져 있었다. 그 색이 검어서 더 무서운 느낌이었다. 수술대 위로 옮겨져 천장을 보고 누워 있는데, 의무병이 다가와 침대 난간에 끈을 연결해 팔다리를 묶었다. 그때는 왜 그러는지 이해하지 못했다. 이를 악물고 통증을 견디느라 물어볼 경황이 없었다. 턱이 덜덜 떨렸다. 몸에서 자꾸만 경련이 일어났다.

"진구 아냐? 너 맞아? 또 다친 거야?"

낯익은 간호사가 얼굴을 바짝 들이댔다. 놀랍게도 지난번 야전병원으로 후송되었을 때 나를 보살펴 준 강외선 간호사였다. 수술 후 담당하는 병동이 달라 더는 만나지 못했는데, 아는 얼굴을 보니 조금은 덜 무서워졌다. 하지만 그 뒤에 곧바로 군의관이 따라 들어와 수술을 어떻게 할 것인지 설명하는 바람에 더는 외선 누나와 대화할 틈이 없었다.

"다리에 파편이 박혔어. 그걸 끄집어 내고 꿰매야 하니까 좀 아플 거야."

"아……"

의무병이 다가와 마취 없이 수술하니까 아플 거라고 한마디 더 덧붙였다. 지금도 정신이 없을 정도로 아픈데 더 아플 거라고 말하니 그 짧은 순간 크게 상심했다.

"몇 살이니?"

군의관이 내 안색을 살피며 물었다.

"이제 열여섯이요."

"아직 어린 나이인데……."

질문과 함께 내 몸에 그의 손이 닿자 절로 신음이 새어 나왔다.

"으아아아악."

"조금만 기다려. 빨리 끝낼게."

군의관은 서울 말씨를 썼다. 무뚝뚝하지만 차분한 목소리다. 키가 훤칠하게 컸고 얼굴에 살이 없어 광대뼈가 툭 튀어나와 보이는 깡마른 몸이었다.

군의관 손은 날렵했다. 수술대에 누워 있으니, 기억이 가물가물하며 자꾸 사라졌다. 나중에 외선 누나로부터 수술에 대해 자세한 사정을 들을 수 있었다. 무릎과 종아리에 박힌 파편을 제거하고 이십여 바늘을 꿰맸다. 수술할 때는 통증이 너무 심해 자꾸 정신을 잃었다. 상처를 꿰매느라 바늘이 살갗을 찌르는 것도 모를 정도였다. 그동안 지게 부대원으로 지내느라 체력이 많이 떨어졌다. 그 탓인지 수술이 끝난 후 몸은 허물어지듯 침대 위에 퍼져 버렸고, 자꾸 잠 속으로 빠져들었다. 그래도 수술은 성공적이었다.

몸 군데군데 전쟁의 상처가 흔적으로 남았다. 군의관이 수술 자국은 평생 갈 거라고 말했다. 시간이 흐르면 몸은 회복하겠지만, 흉터를 볼 때마다 이날의 고통이 다시 떠오를 것이었다.

전투 지역에서 십여 킬로미터 후방에 떨어져 있는 야전병원은 크게 다친 군인들을 수술하고 치료하느라 북새통이었다. 병원에는 환자를 비롯해 군의관과 의무병, 간호사들이 많았는데 그들은 항상 분주했고 처음 보는 기계와 장비들도 곳곳에 즐비했다. 군의관과 간호사 중에는 외국인이 제법 있었다. 부상한 군인을 돌보기 위해 한국전쟁이 벌어지는 이곳까지 파병을 온 유엔군 의무부대 소속이었다. 세상은 내가 상상했던 것보다 훨씬 크고 넓었다. 다양한 사람들이 그 안에서 살아 움직이고 있었다.

병원에서 사람들과 이야기를 나누다가 우리나라에 간호사를 양성하는 학교가 있다는 흥미로운 사실을 알게 되었다. 전쟁을 일으켜 사람을 죽이는 것도, 다친 사람을 살려 주는 것도 사람이었다. 세상은 참으로 이해하기 어렵고 내가 설명할 수 없는 것들이 많았다.

야전병상에 누워 있으면 환자와 의료진이 가끔 말을 건넸다. 어려서인지 사람들은 나에게 친절했다. 특히 외국인들은 내 이름을 제대로 발음하지 못해 찡구, 진꾸, 찌잉쿠라고 이상하게 불렀다. 이름만 들으면 오히려 내가 외국에서 파병 온 군인 같다는 생각이 들 정도였다. 나는 결국 찐으로 불리게 되었다.

"찐, 투데이 오케이?"

"오케이. 다 나은 것 같아요."

"에이, 거짓말."

엘라가 내게 말을 걸었을 때는 너무 좋아서 어쩔 줄을 몰랐다. 파란 눈을 가진 엘라 간호사는 우리나라 사람과 달라서 그런지 엄청나게 신비로워 보였다. 야전병원에서 치료받는 군인들에게 다정한 엘라는 인기가 많았다. 덴마크에서 파병 온 간호장교인데 이곳이 첫 발령지라고 했다. 엘라의 한국어 발음이 어설퍼 더욱 재미있었다. 하지만 아쉽게도 지게 부대에서 배운 알파벳으로는 엘라와 대화를 나눌 정도는 되지 못했다.

엘라를 보며 다른 나라 사람과 그들이 사는 세상이 궁금해졌다. 야전병원에 있는 동안 간단한 영어 단어를 쓸 정도가 될 때까지 열심히 공부했다. 무엇보다 엘라와 대화를 나누기 위해서였다. 엘라는 코펜하겐에서 왔는데, 1차 세계대전에 간호사로 참전한 어머니를 따라 자신도 간호사가 되었다고 한다. 아무리 그래도 그렇지. 자기 조국이 아닌 다른 나라 전쟁터에 목숨을 걸 용기를 어떻게 가졌을까. 고운 심성은 어머니로부터 그대로 배운 것 같았다.

내가 입원한 병동을 담당하는 강외선 누나는 간호대학을 나왔다. 누나를 보면서 나도 공부를 하고 싶다는 생각을 처음으로 하게 되었다. 누나는 일본이 조선을 점령한 식민지 시절에 외가에서 태어나는 바람에 이름에 '외' 자가 붙었다고 한다. 누나의 어머니는 위안부 소집을 피해 이른 나이에 혼인했고, 외가에서 오빠와 외선 누나를 낳았다.

"몸은 어때? 괜찮아?"

외선 누나가 말을 걸면서 상처 난 곳을 유심히 들여다보았다. 봉합 수술을 한 지 삼 일이 지난 늦은 오후였다.

"아, 네……."

눈 마주치는 것이 부끄러워 고개를 살짝 숙였다.

"에이, 수줍어하기는. 나한테는 편하게 말해도 돼."

누나는 내 기분을 다 알고 있다는 듯이 옅은 미소를 지으며 실밥을 만졌다.

"병원에서 일하는 거 힘들지 않아요?"

용기를 내어 물었다.

"당연히 힘들지."

외선 누나가 환하게 웃었다.

"근데 진구야. 난 말이야, 어릴 적에 엄마가 병환으로 돌아가실 때 제대로 간호하지 못한 것이 늘 마음에 걸렸어. 그러다 간호학교가 있다는 걸 알게 되면서 가슴이 뛰었지. 뭔가에 이끌리듯 지원서를 냈어. 아픈 사람들을 돕고 싶었거든. 몸이 아프면 하고 싶은 게 있어도 아무것도 할 수 없잖아. 그렇지?"

"맞아요."

나는 고개를 끄덕이며 수긍했다. 누나가 내 눈을 똑바로 바라보았다.

"간호사가 되려고 공부할 때는 우리 민족끼리 싸우는 전쟁이 일어날 거라고 생각 못 했어. 그러다 나라를 위해 목숨을 걸고 싸우는 사람들을 보고 존경하게 되었지. 지금은 한 사람의 생명이라도 구하기 위해 최선을 다하고 싶어."

"누나 참 멋져요."

"너도 멋져. 용감하게 치료를 잘 받고 있으니까."

외선 누나가 수술한 부위에 소독약을 듬뿍 발라 주었다.

"아야, 살살요. 따갑단 말이에요."

나의 투정에 누나는 장난스럽게 웃어 주었다. 이렇게 나누는 소소한 대화가 즐거웠다. 조리 있게 이야기를 들려주는 모습이 내 눈에는 별처럼 빛나 보였다.

누나 아버지는 꽤 높은 계급의 군인이고, 큰오빠는 사단에 근무하는 정보장교라고 했다. 가족들이 여기저기에 뿔뿔이 흩어져 있지만 자기 자리에서 나라를 지키기 위해 최선을 다하고 있다는 말을 들었을 때, 깊숙이 묻어 두었던 정리되지 못한 감정이 일어나고 있었다. 배 아래서부터 뜨거운 무언가가 천천히 올라오더니, 문득 아버지가 떠올랐다.

'아버지……'

눈물이 한 방울 뚝 떨어졌다.

지금 내가 해야 할 일을 찬찬히 생각해 보았다. 지게 부대에서 하는 일은 고지에서 전투 중인 군인들에게 필요한 물자를 전달하는 것이다. 나라를 위해 내가 할 수 있는 일이었다. 나는 지금까지 징용을 당해 전쟁터에 끌려왔다고 생각했다. 그런데 외선 누나의 이야기를 듣고 보니, 꼭 그런 것만은 아니었다. 누나와 대화하면 어떤 큰 그림을 보는 듯한 풍성한 느낌을 받았다. 그건 미래에 대한 희망이고 설렘이었다. 누나를 보면서 무슨 생각을 하고 있는지 늘 궁금했다. 그 생각을 가늠해 보는 일은 쉽지 않았지만 누나라면 어떻게 할까, 곰곰이 생각하고 나서 행동하게 되었다. 누나는 언제나 바빴지만 내게 그랬듯 다른 병사들에게도 큰 도움과 위로가 되어 주었다.

전방부대 의무대에서 감당할 수 없는 중증 상태의 군인들이 매일같이 야전병원으로 후송되었다. 팔다리를 다쳐 어쩔 수 없이 잘라 내야 하는 병사, 파편에 한쪽 눈을 잃고 수술을 기다리는 하사관, 전투를 지휘하다 머리에 총탄을 맞은 장교 등 끔찍한 모습으로 생사를 넘나드는 군인들이 촌각을 다투며 들어오고 또 나갔다.

병원에서 일하는 의료진들은 귀중한 생명을 살리느라 종일 뛰어다녔다. 먹는 것도 자는 것도 뒷전이었다. 묵묵히 최선을 다하는 모습은 전쟁 중인 군인들의 의무와는 또 달라 보였다.

수술실 뒤쪽에 병사들을 치료하느라 벗겨 낸, 피로 얼룩진 군복들이 수북이 쌓여 있었다. 정신을 잃고 들어가 죽어서 나오는 군인도 상당수였다. 다친 부위가 심각한데 수술이 늦어져 살리지 못하는 안타까운 경우도 비일비재했다. 수술실 문밖으로 새어 나오는 환자의 고통스러운 비명은 병동에 있는 전우들을 아프게 했다. 그렇게라도 살아 나오면 모두가 환호성을 지르며, 살아 낸 병사들에게 오히려 고마워했다. 시간이 지나면서 몸은 회복되었지만 수술하고 남은 흉터는 전쟁의 표식처럼 몸에 새겨져 결코, 지워지지 않았다.

몸을 어느 정도 움직일 수 있게 되었을 때, 나는 외선 누나를 따라다니며 아픈 사람들을 적극적으로 도왔다. 아직 몸이 완전히 회복되지 않았다며 누나가 말렸지만 이미 그렇게 하기로 작정한 내 똥고집을 더는 말리지 못했다. 사실 의료진을 돕는 손길이 워낙 귀해서 아주 작은 일이라도 큰 도움이 되는 상황이었다.

"진구야, 너 정말 맘에 든다. 시키는 일을 이렇게 잘하니, 스스로 알아서 할 때가 되면 진짜 훌륭한 사람이 될 거야."

칭찬을 들으니 뿌듯하고 보람이 느껴졌다.

"정말 그랬으면 좋겠어요. 훌륭한 사람이 옆에 있으니 아마도 그렇게 될 게 확실해요."

내가 씽긋 웃으며 대답하자 누나가 대견하다는 듯 따라 웃었다. 그 모습이 마치 코스모스처럼 하늘하늘 예뻤다. 누나가 그렇게 자주 웃으면 참 좋겠다고 생각했다.

야전병원은 하루해가 짧았다. 야전병원에서 치료할 수 없을 정도로 심하게 다친 군인들은 더 남쪽 후방으로 이송되었지만, 그때까지 버티지 못하는 병사들 또한 많았다. 의사와 간호사들의 표정은 시시각각으로 변했다. 최선을 다해 수술해도 살릴 수 없는 환자가 늘어날 때면 병동은 정말이지 검은 구름에 쌓인 것처럼 침울하기만 했다.

의료진은 부상병을 치료하느라 시간이 부족한 나머지 끼니를 제대로 챙겨 먹지 못할 때도 있었다. 어떤 날은 한 끼도 먹지 못해 다른 사람이 주먹밥을 조금씩 떼어 입에 넣어 주어야 할 정도였다.

병원에는 얼굴과 몸에 화상 입은 부상병이 상당수 입원해 있었는데 바로 포탄 때문이었다. 부어서 퉁퉁 튀어나온 입, 코, 눈. 살갗이 벌겋게 벗겨져 진물이 줄줄 흐르는 것을 보고 있으면, 전쟁에서 사용하는 무기가 얼마나 무시무시한지 알 수 있었다. 잘려 나간 팔, 깊이 파여 버린 상처에 꾸물거리며 기어다니는 하얀 구더기를 보면서 그 참혹함에 충격을 받았다.

의약품이 턱없이 부족하다 보니 제대로 치료할 수 없는 경우도 자주 보았다. 병동에서 살이 썩어 들어가는 냄새가 날 때면 그 역겨움이 사방에 진동했고 환자들은 자신의 상처를 들여다보며 절망했다. 내가 그런 처지에 놓이게 되면 얼마나 비참할까, 한참을 고민하다가 고개를 흔들었다. 아니다. 그가 나고 내가 그였다.

외선 누나는 그런 환자들에게 다가가 일일이 상처를 살펴 주었다. 누나는 환자의 눈물을 닦아 주는 천사 같은 존재였다. 간호사가 그렇게 하는 것은 당연한 일이라고 누나는 말했지만, 아무리 고민해 봐도 역시, 아무나 할 수 있는 일은 아니었다.

11. 지게 부대로 복귀

　전선이 바뀌면 야전병원까지 위험해지고 환자를 비롯해 군의관과 간호사들도 위험에 처할 수밖에 없었다. 치료를 제때 할 수 없으니 늘 긴장하며 지내는 것이 일상이 되었다.

　야전병원에 온 지 한 달이 지날 무렵, 지게 부대에서 김 하사가 찾아왔다. 부대에서 야전병원으로 후송된 사람 중 치료가 끝난 사람은 전부 복귀했고, 병원에 남은 사람은 나 혼자였다. 군의관이 김 하사에게 특별히 부탁해 병원에 조금 더 머물 수 있도록 봐주었기 때문이다. 하지만 더는 어려웠다.

　"진구야, 치료가 끝났으니 이제 부대로 복귀하자."

군대에서 김 하사의 말은 권유가 아니라 따라야만 하는 명령이었다.

"부대에 지게를 짊어질 대원들이 부족해."

유엔군이 직접 관리하는 부대에서 김 하사 개인의 판단대로 재량을 줄 수는 없었다. 나는 군인이 아닌 노무자 처지인데도 어쩔 수 없이 명령에 따라야 했다. 전시였기 때문이었다. 병원 생활에 어느 정도 적응하고 긍지를 느끼던 터라 아쉬움이 컸다. 외선 누나와 헤어져야 하는 건 더욱 서운했다.

"예."

섭섭한 마음을 눈치챘는지 김 하사가 하는 말을 조용히 듣고 있던 누나가 다가와 등을 토닥여 주었다.

"진구야, 네가 하는 일도 나라를 위한 중요한 일이야. 여기서 그랬던 것처럼 부대에 가서도 잘 지내렴."

"그래도 가고 싶지 않은데……."

"어서 짐을 싸."

김 하사의 무서운 눈빛에 두서없는 대화가 끊기고, 나는 말끝을 흐리며 두 사람 얼굴을 번갈아 보았다. 지게 부대로 돌아가는 것은 여지없는 사실이었다. 자리로 돌아와 짐을 챙기는 동안 내가 떠난다는 소식을 듣고 병원 식구들이 찾아왔다.

"찡꾸! 잘 지내. 건강해라."

엘라 누나가 누구보다 먼저 달려와 양쪽 볼에 뽀뽀하며 따뜻하게 안아 주었다. 서양식 인사였다.

"아니, 왜 얼굴이 빨개져?"

누나가 놀리며 웃는 바람에 얼굴이 더 화끈거렸다. 군의관과 다른 환자들도 하나둘 모여들었다. 다들 친숙하게 내 머리를 쓰다듬어 주었다. 건강하게 잘 지내야 한다는 안타까운 인사였다. 외선 누나와 마지막으로 아쉬운 눈 맞춤을 하고, 김 하사를 따라 트럭에 올라탔다.

부릉부릉.

운전병이 트럭에 시동을 걸었고 차가 움직이며 병원문을 나섰다. 뒤를 돌아보니 병원 입구에서 외선 누나가 마지막까지 힘껏 손을 흔들고 서 있었다. 누나도 서운한 것일까. 내게 무슨 일이 생겨서 병원으로 후송되지 않는 한 다시는 못 볼 것이다. 아쉬움에 누나가 보이지 않을 때까지 손을 흔들었다.

덜컹거리는 차 안에서 김 하사가 나를 친근하게 불렀다.

"진구야"

"네, 김 하사님."

"지게 부대원들이 너를 기다리고 있어."

그랬다. 기다리는 사람들이 있으니 조금은 위안이 되었다. 사람이 만나고 헤어지는 일이 이렇게 쉬울 수 있을까 싶지만, 그게 또 살아가는 힘이 아닐까.

차가 흔들릴 때마다 다쳤던 부위에 통증이 느껴져 미간을 찌푸렸다. 얼마간 달렸을까. 소이산 근처에 있는 부대에 가까워지자 익숙한 위병소가 보였다. 눈에 익은 풍경에 반가운 마음이 들었다. 김 하사가 먼저 내리고 내가 차량에서 엉거주춤 내리는 사이, 막사에서 휴식을 취하고 있던 부대원들이 트럭 엔진 소리를 듣고 우르르 뛰어나와 반겨 주었다. 익숙한 얼굴을 하나둘씩 보자 숨통이 놓였다. 제일 먼저 민수가 달려와 나를 와락 끌어안았다.

"어서 와! 이제는 괜찮아?"

"응, 네 덕분에 살았어."

"아냐. 형 덕분이지."

"철규 형?"

"그래, 너를 지게에 짊어지고 힘들게 내려왔잖아."

"아……. 그랬구나."

언제나 수호신 같은 존재. 인자한 미소로 조용히 바라보던 형이 다가와 나를 끌어안았다.

"참말로 고생혔다."

그리운 형의 품은 정말 포근했다.

"고마워. 두 번이나 신세 졌어."

감사의 마음을 전하자 형이 멋쩍어했다.

"하하하. 진구야, 너 없이 어떻게 살 수 있겠냐. 너는 형이랑 내가 지킬게……."

민수가 양손을 불끈 들어 올리며 웃었다.

"그래, 그래. 고마워, 민수야. 나도 너를 지킬게."

우리는 그 자리에서 새끼손가락을 걸고 약속했다.

"진구야, 다친 상처도 꿰맸응게 인자는 툭툭 털고 인나야제?"

형의 친근한 사투리와 그리웠던 잔소리에 코끝이 찡했다. 민수가 그런 분위기를 눈치채고는 익숙하게 어깨동무를 했다.

북한군의 공격으로 지게 부대는 큰 타격을 입었다. 군인 수십 명이 부대로 돌아오지 못했고, 잃어버린 지게도 부대원 수만큼이나 많았다. 이번에도 삼십 명 넘게 돌아오지 못했다고 최씨 아저씨가 귀띔해 주었다. 이따금 전쟁이 끝날 수 있다는 이야기가 들렸지만, 이상하다 싶을 만큼 철원 지역의 전투는 치열했다.

살아남은 사람들은 점점 말수가 줄었다. 몸에 입은 상처는 시간이 지날수록 회복되었지만, 마음의 상처는 깊이 곪아 가고 있었다. 수술 자국이 선명하게 남아 흉이 진 곳은 시간이 지나도 험상궂게 보였다. 전장에서 받은 정신적 충격 또한 흉터처럼 평생 사라지지 않을 것이다.

막사 침상에서 민수 옆에 누웠지만 제대로 잠들 수 없었다. 언제 또 다칠지 모른다는 추측에 사로잡히자 불안감이 밀려왔다. 얼핏 잠들었다가 작은 소리에도 깜짝 놀라 깨기 일쑤였고, 그럴 때면 커다란 망치로 머리를 한 대 얻어맞은 듯 정신이 혼미했다.

전략요충지인 고지를 뺏으려는 북한군과 이를 지키려는 유엔군 사이의 전투는 계속되었다. 이어지는 북한의 기습공격에 간신히 살아남은 사람들은 다시 지게를 지고 전투물자를 옮겼다. 북한군은 고지를 탈환하기 위해, 유엔군은 고지를 지키기 위해, 각자 지켜야 할 하나밖에 없는 소중한 목숨을 내기하듯 걸고 또 걸었다.

양쪽 진영의 총알이 빗발치고 포탄 섬광이 그 주변을 훤하게 밝히던 날이었다. 밤새 이어진 전투는 새벽 동이 트면서 멈추고 다시 또 시작하기를 반복했다. 고지 탈환에 실패한 북한군이 후퇴하고 나면, 그 자리에 어김없이 북한군 전사자 시신이 여기저기 널려 있었다.

허망한 눈으로 전투물자를 고지에 전하고 내려오던 지게 부대원들은 그 처참한 시신을 그냥 놔둘 수 없었다. 비록 적이지만 북한군도 우리와 한민족이고 같은 인간이었다. 유엔군들과 함께 시신을 수습해 땅에 묻어 주었다. 가장 앞서서 시신을 수습하는 사람은 놀랍게도 김 하사였다. 그의 이런 행동은 내게 큰 인상을 남겼다.

김 하사는 평소 '차가운 뱀'이라는 별명을 가지고 있는데, 워낙 냉철하고 매서운 사람이다 보니 그렇게 불렸다. 그런 김 하사가 언젠가부터 조금씩 변하고 있었다. 다른 사람들은 눈치채지 못했을까? 확실하게 내가 야전병원에 입원하고 난 후부터 그는 달라졌다. 그때 내 보호자는 김 하사였다. 지게 부대원들은 모두 김 하사가 보호자였고, 치료가 필요한 중증 부대원들의 상태를 파악하기 위해 그는 야전병원에 자주 들르곤 했다.

어떤 날은 부대 트럭이 병원 마당에 서 있는 것을 창문으로 본 적이 있는데, 김 하사는 병동에 올라오지 않았다. 부대원을 보러 온 것이 아닌가 하는 의문을 품었다. 운전병이 멀찍이 나무 그늘에 서 있는 것을 보고, 나는 얼른 다가가 인사를 건넸다. 운전병이 반가운 기색으로 나를 보았다.

"많이 나았어?"

"네."

나는 쑥스럽게 머리를 긁적였다.

"그런데 김 하사님은 어디 가신 거예요?"

"음, 그게 말이야. 올 때마다 누군가를 만나는 것 같기는 한데……."

궁금했지만 뭔가 그럴 만한 이유가 있다고 생각했다. 하지만 그 의문은 시간이 한참 흐른 뒤에 어이없이 풀려 버리고 말았다. 외선 누나가 지게 부대에 들렀다는 전갈을 받고 나서였다.

"누나, 설마 나를 보러 여기까지 온 거야?"

"어? 그래. 겸사겸사 왔어. 김 하사님도 보고, 너도 보고 싶고 해서."

"응? 김 하사님?"

나는 눈치 없이 계속해서 캐물었다.

"김 하사님이 어디 아파?"

"아니, 그게 아니라……."

때마침 김 하사가 우리 쪽으로 천천히 걸어오면서 웃고 있었다. 왜 웃는 건지 의아했다. 그러니까 외선 누나는 사실 김 하사를 만나러 온 것이었다. 김 하사가 그렇게 환하게 웃는 건 처음 보았다. 심지어 김 하사가 외선 누나에게 다가와 아주 다정하고 친절하게 구는 모습에 손과 발이 다 오글거렸다.

"아, 외선 씨……. 이쪽으로 오시죠."

김 하사는 누나를 데리고 자기 사무실로 향했다. 철규 형이 그 뒤를 따라가고, 나는 그 옆에 바짝 붙어 낮은 목소리로 물어보았다.

"김 하사님이 누나를 왜 외선 씨라고 부르는 거야?"

형이 내 머리카락을 흩트리며 어색하게 웃었다.

"김 하사님이 좋아하는 거 같당께."

"뭐라고? 좋아해? 누나를?"

형이 거친 손으로 쉿 하면서 오른쪽 검지를 입에 갖다 댔다. 나는 어리둥절해서 할 말을 잃었다.

'헉, 김 하사가 외선 누나를 좋아한다고?'

그랬구나. 이제야 깨달았다. 곰곰이 따져 보니, 김 하사가 지게 부대원들을 관리하러 야전병원에 자주 드나들면서 외선 누나와 가까워진 것이다. 외선 누나가 부상한 지게 부대원들을 성심껏 돌보는 모습을 보고 김 하사 또한 감동한 것이 분명하다. 그제야 김 하사와 외선 누나의 관계를 이해할 수 있었다.

내가 느끼는 감정은 묘했다. 야전병원에서 누나와 이야기하며 느꼈던 감정을 잊을 수 없었다. 나는 누나를 좋아했다. 하지만 김 하사와 누나의 관계를 추측해 보니, 이제는 그 시간이 말할 수 없이 부끄러워졌다. 속이 상하고 이상한 배신감이 느껴졌다.

'이게 말로만 듣던 짝사랑이구나.'

형과 민수가 옆에서 내 눈치를 보면서 슬며시 웃었다. 가슴이 휑한 것이 쓸쓸해지고 몸에 큰 구멍이 생겨 바람이 숭숭 빠져나가는 것 같았다.

그러던 어느 날 저녁, 식사를 마친 부대원들이 연병장 곳곳에서 휴식을 취할 때였다. 마침 김 하사가 다음 날 해야 할 일을 철규 형에게 지시하고 있었다. 민수와 나는 막사 침상에 편히 누워 있다가 김 하사와 형이 나누는 대화를 우연히 들었다.

"그저께 산 중턱으로 정찰을 나갔는데, 뿌리가 뽑힌 나무 아래에 나이 어린 소년이 죽어 있더라고……."

"그래요? 아이고, 불쌍허서 어쩐디아."

"진구나 민수만큼 어려 보이더군. 몸이 작아서 총이나 제대로 쏠 수 있는지 모를 정도였어……."

"혹시 북한에서 징집헌 소년병 아니덩가요?"

"그래. 그런 것 같더라. 혹시나 하고 신원을 확인하러 주머니를 뒤졌지."

"뭐가 좀 나오덩가요?"

"신분증이 있더라고."

"그래요? 뭐라 써 있덩가요?"

"평양소학교 소년근위대 송종태."

두 사람의 대화가 잠시 끊겼다. 재미 삼아 대화를 엿듣고 있던 우리는 '송종태'라는 이름이 들리자 하마터면 크게 소리 지를 뻔했다. 민수가 벌떡 일어나더니 자세를 고쳐 앉았다.

'아, 이럴 수가……. 송종태. 종태가 결국.'

민수와 나는 서로를 바라보았다. 종태의 마지막 모습이 어땠을까, 상상할 수 없었다. 얼마나 무섭고 두려웠을까. 눈만 마주치고 있을 뿐 민수와 나는 아무 말도 할 수 없었다.

"아이고, 그래도 김 하사님이 잘 묻어 줬을 턴디 좋은 곳으로 갔을 거구만요."

"그랬으면 좋겠군."

"김 하사님, 어쩔 수 없는 일잉께, 움츠리지 말고 어깨를 좀 쭉 펴 보랑께요."

"진구나 민수만 한 또래였는데……."

김 하사 목소리가 잦아들더니, 터벅터벅 걸어가는 발소리가 멀어졌다.

그제야 우리는 한숨을 쉬고 곧바로 일어섰다.

"우리가 산에서 만난 그 송종태 맞지?"

민수는 믿기지 않는 듯 놀란 표정이었다.

"그런 것 같아. 어쩌다 그렇게 됐을까. 그놈이 자기 잊지 말라고 했는데……."

"……."

눈에서 열이 나더니 이내 눈물이 그렁그렁 차올랐다.

"그래도 김 하사님이 묻어 주고, 그렇게 신경을 써 주었다니 참 고맙다."

"응. 그러게."

전투가 소강상태에 빠지면 김 하사는 부하들을 데리고 수습하지 못한 시체나 지게, 물자를 회수하러 종종 산에 올랐는데 송종태 시신을 그때 발견한 것이다.

적으로 만난 송종태였으나, 전쟁이 아니었으면 친구가 되었을지도 모를 순진무구한 소년일 뿐이었다. 우리는 누가 먼저랄 것도 없이 서둘러 막사를 나왔다. 송종태가 발견된 골짜기 언저리를 바라보며 슬픈 눈으로 소년의 흔적을 하염없이 쫓았다.

12. 민수야, 제발 대답해

얼마 전부터 전쟁이 끝날 거라는 소문이 돌았다. 모두 기대에 부풀어 있었다. 고지로 향할 준비를 부지런히 마친 민수가 막사로 들어서자, 뜨거운 바람이 따라 들어왔다.

"진구야, 다녀올게."

나는 아직 지게를 질 체력이 되지 않아 막사에 남았다. 몸은 어느 정도 회복되었지만 오른쪽 다리는 예전 같지 않았다. 걸을 때마다 통증이 왔다. 하는 수 없이 조금씩 절룩거리며 걸었다. 지게를 지고 산을 오를 정도가 되려면 아직은 시간이 필요했다.

"조심해. 절대 다치면 안 돼."

말을 건네자 민수는 덤덤하게 받았다.

"당연하지. 얼른 다녀올게. 기다리고 있어."

아무렇지 않은 듯 대답했지만 살아서 돌아올 수 있을지 없을지 아무도 모를 일이었다. 얼마 전에 알게 된 송종태의 죽음이 떠올랐다. 전투가 벌어지면 모든 것이 불확실해진다. 전쟁이 멈춘다는 소식은 상황이 어떻게 변할지 몰라 오히려 불안감을 부추겼다. 우리는 스스로 운명을 결정할 수 없는 어두운 현실에서 그저 암담할 뿐이었다.

나는 부대원들을 따라 막사를 나갔다. 막사 앞 공터로 빠져나가자, 한쪽에 줄지어 세워 놓은 지게를 각자 등에 짊어지고 있었다. 발 빠른 부대원들은 이미 줄을 서서 고지로 전달해야 할 상자를 자신의 지게에 실었다. 부대원들은 폭격이 멈춘 날이면 물량을 비축하기 위해 더 자주 더 많은 물자를 날랐다.

저 앞에 백마고지가 보였다. 그곳은 전투 중에 떨어진 포탄으로 벌집을 쑤셔 놓은 듯 여기저기 움푹 파여 있었다. 그 사이로 힘없이 쏟아져 내린 흙들이 그대로 드러나 언뜻 보기에도 처참했다.

그곳에서 얼마나 많은 사람이 쓰러졌을까. 숱한 고통이 그 어떤 소리도 없이 묻혀 버렸을 것이다. 이런 생활에 무덤덤하게 적응하고 있는 듯 보였지만, 사실은 몸도 마음도 지쳐 있었다. 전쟁이 뭔지 왜 일어났는지 제대로 알지 못한 채, 우리 뜻과 상관없이 이곳에 있게 되었다. 군인들 명령에 따라 이리저리 휩쓸리다 보니 무엇이 옳고, 무엇이 그른지 헷갈렸다. 부대원이나 군인들이 죽어 가는 광경을 눈앞에서 목격하고, 산에서 엉겁결에 만난 북한 소년병 송종태가 들려준 이야기와 야전병원에서 일하는 간호사 외선 누나의 말을 들으며 아주 조금이나마 전쟁을 이해할 수 있었다.

6월이 시작된 어느 날이었다. 이른 새벽부터 부대 가까이에서 포탄이 터졌다. 부대원들이 아직 단잠에 빠져 있는 시각이었다.

쿵, 쿵.

산 중턱쯤에서 들려오는 뭉툭한 소리가 아니었다. 평소와 달리 부대 주둔지에서 너무나 가깝게 들렸다.

쿠르르르릉.

항공기 편대의 무서운 폭음이었다.

콰과과광.

막사 가까이에 포탄이 떨어진 게 분명했다. 땅이 폭발하듯 우르르 지진이 나면서 사방이 흔들거렸다. 잠을 자고 있던 사람들이 벌떡 일어나 우왕좌왕했다. 나는 당황한 나머지 민수를 거칠게 흔들어 깨웠다.

"일어나, 민수야. 큰일 났어. 포탄이 떨어졌어. 빨리 일어나."

"으으으음……."

"어서 일어나라니까."

정신 차릴 틈도 없이 윙윙거리는 비행기 소리가 산 능선을 훌쩍 넘어왔다. 동시에 폭탄이 여러 발 떨어지면서 막사가 통째로 부르르 떨렸다.

투두두둑, 투두두둑.

곧바로 콩을 볶는 듯한 기관총 소리가 연달아 이어졌다. 사이렌이 요란하게 울리면서 부대에 비상이 걸렸다. 부대원들이 막사 밖으로 뛰쳐나가고 철규 형이 목청 터지도록 소리쳤다.

"후딱 밖으로 나오랑께!"

"으아아악."

놀란 민수가 소리를 지르며 후다닥 밖으로 튀어 나갔다.

적의 기습공격이었다. 북한군이 대포를 쏜 후 전투기로 공격한 것이다. 전투기에서 쏘는 기관총탄이 땅으로 우수수 빛을 내며 박혔다. 보급품을 쌓아 둔 창고에서 검은 연기가 치솟아 올랐다. 막사를 빠져나간 부대원들은 산 아래 언덕배기 참호를 향해 앞다투어 뛰어갔다. 전투기에서 떨어진 폭탄이 부대 지휘소 건물과 군인들이 머물던 막사를 부수고 불태우고 있었다. 적군에게 부대 위치가 발각된 게 확실했다.

지게 부대가 있는 위치를 정확하게 파악한 북한군이 무차별 공격을 퍼부어 댔다. 부대 여기저기에서 펑펑 귀청이 찢어질 듯 큰 소리가 이어지고 폭탄이 쉴 새 없이 터졌다.

타타타타.

이번에는 기관총이 눈에 보일 정도로 낮게 날던 전투기에서 섬광이 뿜어져 나왔다. 눈이 부셔서 앞을 제대로 볼 수가 없었다. 참호로 뛰어가는 사람들 위로 총알이 무차별로 쏟아졌다.

파편과 흙이 사방으로 튀고, 참호를 향해 뛰어가던 한 무리의 부대원들이 총탄을 맞고 우르르 쓰러졌다. 그 사이로 폭탄이 터지면서 시뻘건 불을 무섭게 내뿜었다.

참호를 향해 앞서 뛰어가던 부대원들이 엎어지면서 뒤따르던 사람들도 연달아 쓰러졌다. 그 사이에 민수가 있었다.

"으악."

외마디 비명이 유난히 크게 들렸다. 허공으로 민수가 붕 떠오른 뒤, 흙먼지와 검은 연기 속에서 어슴푸레 비치다 시야에서 사라졌다. 뒤따르던 나는 양손으로 머리를 감싼 채 머리를 땅에 처박고 그대로 엎드렸다. 귀가 멍하더니 아무것도 들리지 않았다. 민수가 땅바닥으로 곤두박질치는 모습만 아른거릴 뿐……

나는 고개를 들고 팔꿈치를 간신히 세운 뒤 민수가 쓰러진 곳으로 정신없이 기어갔다.

"민수야, 민수야!"

쓰러져 있는 민수를 찾아 끌어안았다.

"으으으……"

들릴 듯 말 듯, 작은 소리를 내며 야윈 몸을 덜덜 떨고 있었다. 민수가 말을 잇지 못하는 사이, 근처에서 또 포탄이 터졌다.

콰광.

"제발 그만해, 이 새끼들아."

화약 냄새 때문에 온전히 숨을 쉴 수가 없었다. 곧이어 총알이 땅에 박히면서 귀청을 흔들었다. 적군은 총탄에 쓰러진 사람들을 향해 다시 총을 쏴 댔다. 총탄이 촘촘하게 날아들면서 엎드려 있는 사람들 등에 픽픽 박혔다. 고통으로 절규하는 아우성이 온 사방에서 울렸다. 폭격 현장은 그야말로 아비규환이었다.

흙더미가 쏟아지고, 총탄을 내뿜는 기계 소리와 매캐한 연기로 한 치 앞을 분간할 수 없었다. 엎친 데 덮친 격으로 산비탈에서 돌덩이가 쿠르르르, 무서운 소리를 내며 연병장 쪽으로 밀려 내려왔다.

"으아아악······."

하필 다쳤던 오른쪽 다리 위로 흙과 돌 더미가 덮쳐 와 짓눌렀다. 움직일 수가 없었다. 감각이 희미해져 갔다. 민수가 허우적거리다 내 팔을 잡았다.

"지, 진구야······."

끊어질 듯 가느다란 목소리였다.

"응. 나, 여기 있어."

"가슴이······ 아파. 숨이 안······ 쉬어져."

턱밑으로 힘겹게 숨을 내뱉고 있었다. 민수의 목소리가 점점

작아졌다. 입만 계속 벙긋거리더니 어느새 소리는 진공 속으로
사라져 버렸다.

"지, 진구야⋯⋯."

무슨 말인가 하고 싶은 것 같았다. 숨이 막힌 채, 무슨 말인
가 하려고 하는데 아무 소리도 들리지 않았다.

"민수야⋯⋯. 대답해."

불러도 반응이 없었다. 민수 옆구리에서 물컹한 뭔가가 튀어
나오는 것을 보았다. 피가 거꾸로 도는 아찔한 기분이 들었고,
그다음부터 아무 기억도 나지 않았다.

고요하다. 아직 눈을 뜨기 전이다. 사방은 조용한데, 몸은 뭔
가에 감싸진 것같이 포근하고 따뜻했다.

탁, 타닥타닥.

귓가에 무슨 소리가 들린다. 내가 어디에 있는지 알 수가 없
어 두려웠다. 곧이어 사람들 목소리가 들렸다.

'내가 살아 있는 건가?'

너무나 놀란 나머지 눈을 번쩍 떴다. 우중충한 천장이 보였
다.

"정신이 들었니?"

누구 목소리일까. 분명 여자였다. 나는 거칠게 숨을 쉬다가 소리 나는 쪽으로 고개를 돌렸다. 거기에 간호사 강외선 누나가 서 있었다. 세상에나. 나는 다시 야전병원에 누워 있었다. 시간이 얼마나 흘렀는지 알 수 없었다. 가만히 기억을 더듬어 보니, 북한군의 기습공격을 받아 민수와 함께 참호로 뛰어가다가 쓰러진 것만 떠올랐다. 민수가 걱정되었다. 어디에 있을까.

"민수야, 민수야……."

나는 먼저 민수를 불렀다. 아무런 대꾸가 없었다. 내 목소리가 너무 작은가 싶어 더 크게 불렀다. 하지만 이마저도 근처에 있는 사람이 겨우 들을 만큼 작은 소리였다.

외선 누나가 내가 깨어난 것에 안도하듯 빠르게 다가왔다.

"진구야, 총알이 네 다리를 관통했어. 살아 있어서 천만다행이야."

고개를 살짝 들어 보니, 오른쪽 다리가 붕대에 칭칭 감겨 있었다. 그제야 성치 않은 다리를 또다시 다친 것을 알게 되었다. 다리를 움직여 보려 했으나 묵직한 통증이 밀려와 그대로 포기하고 말았다.

누나가 내 다리를 위로하듯 쓰다듬었다. 나는 힘없이 바라보았다.

"누나, 혹시 민수 봤어?"

누나가 내 눈을 피해 고개를 돌렸다.

"가슴이 답답하다고 했단 말이야."

"진구야, 그게 사실은……."

누나가 비스듬히 등을 보이며 창문을 향해 돌아섰다. 창을 통해 들어온 햇빛이 눈에 부셨다. 잠시 침묵이 흘렀다.

"왜 그래? 민수는 어디 있어?"

사방을 두리번거리는데, 누나가 손등으로 눈물을 닦고 있었다. 뭔가 잘못된 게 분명했다. 가만히 있을 수 없어 버둥거리자, 누나가 침상 옆으로 급히 다가와 움직이지 못하게 했다.

"진구야, 아직은 움직이면 안 돼."

누나가 나를 똑바로 응시하며 단호한 표정을 지었다.

"민수, 여기 없어."

눈빛과 말투가 차가웠지만, 설마 하는 생각에 다시금 민수를 찾았다.

"제발, 불러 줘. 응?"

누나가 나를 측은하게 바라보았다. 잠시 침묵이 흐르는 동안 불길한 예감이 들었다.

"아이고, 불쌍해서 어떻게 해."

누나의 말이 무슨 말인지 알아들었다. 목이 꽉 메었고 숨을 쉴 수가 없었다.

"진구야, 찬찬히 숨을 내쉬어 봐."

내가 헉헉거리자, 외선 누나가 가까이 다가와 손을 잡아 주었다.

"으아아아아아악."

더는 참을 수가 없었다.

"그래, 그래. 이게 얼마나 말이 안 되는 일인지 잘 알아. 그래도 어떻게든 정신 차리고 냉정해져야 해. 제발, 진구야."

내 친구가 죽었다니, 믿기지 않았다. 도저히 받아들일 수 없었다. 누나가 위로하려 했지만 전혀 도움이 되지 않았다. 내가 정신을 놓던 순간 민수는 내 곁을 떠났다.

"지키지 못했어. 지키겠다고 약속했는데……."

진정할 수가 없었다. 가혹한 현실 앞에 눈물이 앞을 가렸다. 외선 누나가 옆에서 함께 울었다.

"너 때문이 아니야, 진구야. 전쟁, 전쟁이 문제란 말이야. 그리고……."

머리를 쥐어뜯던 내 두 손을 붙잡으며 누나가 말했다. 그녀는 단호한 표정이 무색하게 더는 말을 잇지 못하고 눈물만 훔쳤다.

세상이 반으로 나뉘었다. 전쟁과 평화. 딱 두 쪽이었다. 사람은 안중에 없었고, 그저 길고 긴 의미 없는 침묵만 남았다.

이번 무차별 공격으로 부상한 사람 중에 놀랍게도 철규 형이 있었다. 형은 이제까지 큰 사고를 당한 적이 없어서 언제나 행운이 따르는 사람이라고 여겨 왔기에, 외선 누나로부터 형이 치료 중이라는 소식을 전해 듣고 놀랐다. 민수를 잃은 상태에서 형까지 잃을 수는 없었다. 전시에는 아무리 마음을 강하게 먹으려 애쓴다 해도 가능하지 않은 상황에 놓인다. 온전한 정신을 유지한다는 것은 정말로 힘든 일이었다.

병원 침대에 누워 지나간 일들을 곰곰이 되새겨 보았다. 아무래도 모든 게 내 잘못 같았다. 죄책감은 끝없이 밀려들었고 켜켜이 쌓인 절망 속에서 한없이 허우적거렸다.

폭격을 맞은 부대는 여기저기에서 화염이 솟구쳐 불타 버렸고, 막사는 처참하게 무너졌다. 적군의 무차별 공습으로 민수를 포함해 많은 군인과 부대원이 사망했다. 다친 사람은 이보다 훨씬 더 많았다.

민수가 달려가던 소나무 숲은 여기저기 나무뿌리째 쓰러져 엉망이 되어 버렸고, 형체가 사라진 부대는 사방을 분간할 수 없을 만큼 폐허가 되었다. 불에 타다 남은 모포와 침구류, 지게 등이 어지럽게 흩어졌고 포탄 파편이 여기저기 박혀 있었다. 그을음 가득한 솥단지와 부대원들이 사용하던 밥그릇, 수저 같은 것들이 쓰레기처럼 쌓였다.

폭격당한 부대는 임무 수행이 어려울 정도로 완전히 괴멸되었다. 모든 것이 잿더미로 바뀌었다. 주요 군사시설은 하나같이 주저앉았고 앙상하게 뼈대만 남은 건물은 원래 모습을 알아볼 수 없을 만큼 처참하게 망가졌다. 매캐한 냄새가 오래도록 그곳에 머물러 있었다.

생존한 부대원들이 소나무 숲 사이 작은 언덕에 민수를 묻어 주었다. 내가 해야 할 일인데, 내가 묻어 주어야 했는데 그러지 못했다. 민수뿐일까. 그렇게 사망한 부대원들의 가묘를 만들면서 살아남은 사람들은 실의에 빠졌다. 전의를 상실한 부대원들은 이루 말할 수 없을 만큼 우울하고 무기력했는데, 모두가 무슨 알 수 없는 병에 걸린 것만 같았다. 전쟁으로 인한 가장 큰 상처는 사람의 마음에 남았다.

슬픈 소식은 이뿐이 아니었다. 이번 폭격으로 김 하사가 사망했다. 김 하사는 적에게 기습공격을 받을 때 모두가 달려가던 참호로 피하지 않았다. 공습 사이렌이 울리자마자 하사관 숙소에 있던 그가 제일 먼저 달려간 곳은 바로 작전 지휘소였다. 그곳에서 적에게 넘어가면 안 될 중요한 서류를 챙기다 변을 당했다.

며칠이 지나 부대원들이 사태를 수습할 때, 폭격 맞은 건물 잔해에서 검게 그을리고 훼손된 시신을 발견했다. 목에 김 하사의 인식표(군번줄)가 걸려 있었다. 이제야 그가 차가운 뱀이 아니라 진심으로 나라를 위하는 충직한 군인이었다는 사실을 깨달았다. 지게 부대원들은 비참한 그의 시체를 수습하며 한참을 울었다. 누나가 하염없이 울던 모습이 겹쳐졌다.

'그랬구나. 누나의 슬픔에는 김 하사의 죽음이 있었구나.'

안타까웠다. 전쟁으로 우리에게 소중한 사람들이 하나둘 소리 없이 사라졌다. 나 또한 민수 없이 살아 숨 쉬고 있다는 것이 고통이었고, 그것을 감내하는 것은 뼈를 깎는 아픔이었다.

병상에 누워 온갖 잡념에 시달렸다. 화가 날 때는 다리가 아픈 것도 잊은 채 벌떡 일어서려다 그대로 쓰러져 버렸다. 스스로가 바보 같았다. 삶에 대한 의지도 사그라들었다. 그냥 모든 게 허무했고 세상이 끝난 것 같았다.

"진구야, 진정해."

외선 누나가 위로하려 애썼지만 나는 받아들이기 어려웠다.

"누나, 난 이제 사는 의미가 없어. 민수를 지키지 못했으니까."

누나는 아무 말 없이 측은한 눈길로 바라보았다.

"그래, 진구야. 네 심정 십분 이해해. 나도 김 하사님을 잃었어. 솔직히 지금 어떻게 해야 할지 아무것도 모르겠어."

김 하사와 민수가 자꾸 떠올랐다. 내가 정신을 잃은 사이 고통스럽게 죽었을 민수를 떠올리니 미칠 것 같았다. 혼자 살아남은 것이 부끄러웠고 참을 수 없이 화가 났다. 감당할 수 없는 상황에 몰리니 아무것도 할 수 없이 무기력했다. 나는 다리를 다치고 말을 잃어버렸다. 그런 이유로 결국, 외선 누나와 덴마크 간호장교 엘라에게 극진한 간호를 받게 되었다. 삼 주쯤 지나면서 몸 상태는 조금씩 나아졌지만 말은 나오지 않았다.

며칠이 지난 후, 외선 누나로부터 철규 형 상태가 호전되고 있다는 소식을 전해 들었다. 천만다행이었다. 치료진의 배려로 형과 옆자리 병상에 나란히 누울 수 있었다. 친한 사람이 옆에 있으니 그나마 다행이었다. 시간이 날 때마다 형은 지난 일이나, 앞으로의 일을 혼잣말하듯 들려주었다.

　"니가 가를 구헐라고 뛰어가다 총 맞은 거는 내가 알고 니가 알고 시상이 다 아는 거 아녀."

　형이 나를 똑바로 보며 말했다.

　"그래도 구하지 못했어."

　내 입에서 나온 첫 말이었다. 흠칫 놀란 표정으로 형이 잠시 뜸을 들였다.

　"진구야, 총알이 하늘서 비처럼 쏟아지고 여기저기서 폭탄이 터지는디, 거그서 어치게 민수를 구헌다냐. 니가 할 수 없는 일이랑께. 그때로 다시 돌아간다 히도."

　"그래도……."

　형은 어쩔 수 없다는 듯 손을 좌우로 크게 휘저으며 말했다. 나를 위로하려고 일부러 그런다는 건 알고 있었다. 그렇다 하더라도 나는 민수에 대한 죄책감에서 벗어나기 어려웠고 눈물이 쏟아져 참을 수가 없었다. 형이 다가와 나를 꼭 안아 주었다.

부대는 예전처럼 물자 나르는 임무를 수행할 수 없을 만큼 손실이 컸다. 야전병원에서 지낸 지 한 달이 지나자 부대로 복귀하라는 명령이 내려왔다. 또 다른 병사를 위해 병상을 비워 주어야 하기도 했다. 나는 최대한 빨리 부대로 돌아가고 싶었다. 민수가 묻힌 곳으로 가서 내 눈으로 직접 만나 보고 싶었다.

부대로 복귀하는 날이 다가왔다. 먼동이 트기 전 어두운 새벽이었다. 철규 형이 다가와 내 어깨에 양손을 올렸다.

"진구야, 내 말 잘 새겨 들어라잉. 내는 인자 새롭게 살려고 헌다. 다시 태어난 마음으로 살아갈라고 혀. 너도 민수 몫까정 열심히 살아야 된다잉. 알겠제?"

진지한 말투와 표정이 다른 때와 사뭇 달랐다. 무슨 일인지 의아했지만 자주 당부했던 내용이라 별생각 없이 고개를 끄덕였다.

아침을 먹은 뒤 우리는 의료진의 배웅을 받으며 야전병원을 나섰다. 부대로 향하는 트럭에 올라타 한참을 달리면서 폐허가 된 몇몇 마을을 지났다. 새삼, 복사골은 괜찮을지 걱정이 되었다. 난리통에 눈길이 가는 그 어느 곳도 멀쩡하지 않았다. 마을

길을 돌아가며 폭격에 무너진 돌담과 쓰러진 초가집들이 한없이 서러워 통곡하고 있었다.

트럭이 강원도 어느 골짜기의 굽이굽이 구부러진 강을 통과할 때였다.

타타타타타.

어디서 나타났는지 매복해 있던 중국군이 트럭을 향해 박격포와 기관총을 쏘기 시작했다.

"엎드려!"

군인 중 누군가 재빨리 소리쳤다.

"차에서 모두 내려!"

몸이 꽁꽁 얼어붙었다.

'아……. 또다시?'

나는 그 자리에 엎드린 채 눈을 질끈 감았다. 이제는 자포자기하는 심정이었다.

포탄을 맞은 트럭이 공중으로 튀어 오르더니, 우리를 부대로 복귀시키려던 군인 둘이 총에 맞았다. 그들은 외마디를 지르면서 내 위로 고꾸라졌다. 나는 정신을 잃었다.

눈을 떴을 때 조각난 하늘이 눈에 들어왔다. 저녁이 되었는지 노을이 붉게 번져 가고 있었다. 야전병원을 나설 때 오전이었던 걸 고려하면 족히 대여섯 시간은 정신을 잃은 것 같았다. 나를 짓누르고 있던 군인 두 명의 시체를 옆으로 힘겹게 밀어냈다. 가슴이 눌린 상태로 오래 있었던 탓에 숨 쉬기가 힘들었다. 머리가 아팠다. 주위를 둘러보았지만 적막함만 가득했다. 내가 정신이 없는 동안 도대체 무슨 일이 벌어진 걸까.

"철규 형……."

나직이 불러보았지만, 대답이 없었다. 죽은 군인들 사이에 있을지도 몰랐다. 하지만 아무리 둘러봐도 형의 모습을 찾을 수 없었다. 차량이 파손되어 이동할 수 없으니 우선 몸을 피해야 했다. 마을 하천을 지나 초가지붕이 보이는데, 사람이 드문 마을인지 도무지 인기척이 느껴지지 않았다. 나는 한참 동안 안간힘을 써서 작은 개울을 건너 빈집으로 들어가 풀썩 쓰러졌다. 눕고 보니 낮은 천장이 눈에 들어왔다.

나는 군인 둘에 깔려 있던 덕분에 살아났다. 핏물에 젖어 내가 죽었다고 추측한 중국군들이 그대로 내버려둔 채 가 버린 것이다. 그런데 형은 어디로 간 걸까. 공격받을 당시 살아 있었다면 군인들에 의해 어디론가 끌려간 것일까. 아직 몸이 성치 않을 텐데. 여러 가지 상상이 꼬리에 꼬리를 물고 떠올랐다.

혹시 동생을 찾고 싶어 슬그머니 떠난 걸까, 아니면 가수가 되고 싶어 조용히 떠난 걸까. 도대체 죽었는지 살았는지 어디로 가 버린 건지 도무지 알 수가 없었다.

'정신 채리고 일단 앞만 보고 가야 혀.'

언젠가 형이 한 말이 귓가에 맴돌았다. 나는 숨을 천천히 내쉬었다. 헛헛한 마음에 텅 빈 눈으로 허공을 응시했다. 중요한 것을 잃어버린 듯한 허탈감에 아무것도 할 수 없었다.

13. 1953년 7월 27일 휴전

    여기서 그냥 고향으로 도망가 버릴지 궁리해 보았다. 하지만 부대에 묻혀 있는 민수를 보지 않고 혼자 집으로 돌아갈 수는 없었다. 다리가 붓고 통증이 심했다. 게다가 야전병원을 나서면서부터 아무것도 먹지 못해 기력이 떨어지고 있었다.

    다음 날, 해가 뜨는 방향을 더듬어 지게 부대가 있는 소이산 방향으로 이를 악물고 걸었다. 반나절 이상 작은 하천을 따라 걷다 보니 멀리서 트럭 한 대가 달려오고 있었다. 전날 병력이 복귀하지 않자, 적군으로부터 공격받은 걸 알고 부대에서 수습하러 온 모양이었다.

군인들은 나를 보자마자 트럭을 세워 뒷자리에 태운 뒤 이것 저것 물어보았다. 나는 아는 대로 말하고, 혼자 마을로 피신한 경위를 설명한 후 곧바로 쓰러져 잠들어 버렸다.

덜커덩.

트럭이 거칠게 움직였다. 정신을 차리고 보니 지게 부대였다. 전쟁 통에 살아남은 아저씨 몇몇이 깜짝 놀라며 반겨 주었다. 부대에서는 야전병원을 출발한 트럭이 복귀하지 않자 적군의 공격을 받고 사달이 난 줄로 이미 예상하고 있었다. 부대에 주둔해 있던 군인들이 출동해 주변을 샅샅이 수색했고, 시체로 발견되지 않은 사람들은 포로로 끌려갔을 거라고 추측했다.

"진구야, 철규는 어떻게 되었니?"

"아저씨, 저도 잘 모르겠어요. 죽지는 않은 것 같은데."

"그러냐. 어디에든 살아남았으면 다행인데."

"중국군의 공격을 받고 트럭 바닥에 넘어져 정신을 잃었어요. 깨어나 보니, 군인들은 죽고 형은 보이지 않았어요."

아저씨들이 궁금해하며 자꾸 물어보았다. 정말로 형은 어떻게 되었을까. 시체가 발견되지 않았으니, 죽지 않은 게 분명하다. 혹시 중국군에게 붙잡혀 갔을까? 아픈 포로를 성가시게 데리고 다닐 수는 없을 텐데, 그래도 모를 일이었다. 아니면, 남서준처럼 홀연히 사라진 것일까.

'그래, 어딘가에 살아 있을 거야. 아마도 동생을 찾아서 행복하게 잘 살 거야.'

막막하지만 다른 도리가 없었다. 언젠가는 형으로부터 좋은 소식을 들을 수 있을 거라는 희망을 품기로 했다.

뒤늦게 찾은 민수의 무덤은 나지막하니 아주 작았다.

'이제야 왔어. 더 빨리 오지 못해서 미안해.'

그저 황망하기 이를 데 없었다. 이제 얼굴을 맞대고 대화하거나 장난칠 수 없다. 꿈이면 얼마나 좋을까. 이 모든 것을, 사실로 받아들이기에는 전혀 실감이 나지 않았다.

7월 하순이 지나도록 장마가 계속되었다. 비가 내리고 그치기를 반복했다.

두둑, 두두둑.

굵은 빗방울이 막사 천장을 쉴 새 없이 두드렸다. 오늘따라 아저씨들이 이야기 나누는 소리가 예사롭지 않았다. 막사 밖에는 군인들이 분주하게 돌아다녔다.

"무슨 일이야?"

"휴전회담이 막바지에 이르렀대."

"아니, 휴전이라니? 종전이 아니고?"

"어떻게 되는 건지 도통 알 수가 없네."

"휴전이든 종전이든, 뭐든 빨리 정해지면 좋겠구먼."

"이렇게 전쟁이 끝나는 건가?"

"유엔군, 북한, 중국이 우리나라를 빼고 회담하고 있다는 데."

"그건 또 무슨 말인가. 우리를 빼다니?"

"허 참, 말이 안 되는 소리일세. 그런 법이 어디 있나."

"게다가 북위 38도선을 기준으로 영토를 나누는 것이 아니라, 지금 차지하고 있는 땅을 경계로 협상하고 있다는군."

"어이구……."

"이러다가는 이 작은 나라가 완전히 둘로 쪼개질지도 모르겠어."

"뭐라고? 한반도가 둘로?"

"그럼, 전쟁 이전보다 상황이 더 나빠지는 거 아닌가?"

"그러게 말일세. 남한과 북한으로 갈라선다고 하는구먼."

"허헛. 참. 도무지 우리나라가 협상에서 빠진다는 게 말이 안
돼……."

"휴, 작은 땅덩이가 이렇게 분단되는가 보이."

옆으로 돌아누운 나는 다리를 움츠려 몸을 동그랗게 말았
다. 눈을 감고 자는 척하지만, 아저씨들이 나누는 대화를 유심
히 듣고 있었다.

철규 형이 혹시나 북으로 끌려갔으면, 만약 이대로 나라가 나
누어지면, 정말로 그렇게 된다면 우리가 다시 만나기란 어려울
것이었다. 가슴이 무지근했다. 비가 멈추더니 회색 구름이 산
을 타고 지나가면서 하늘이 점차 맑아졌다.

깔고 누웠던 모포를 가지런히 개어 주변을 정돈하고 막사 밖
으로 나갔다. 까치 몇 마리가 근처 갈참나무 가지에 앉아 깍깍
거린다. 무슨 좋은 소식이 있으려나. 까치 지저귀는 소리에 희
망이라도 품고 싶었다. 분단이나 휴전은 어떤 소식인 걸까. 전
쟁이 멈춘다는 것이 좋은 소식인 걸까.

착잡한 상태로 연병장을 한 바퀴 돌고 막사로 돌아왔다. 부
대원들이 삼삼오오 둘러앉아 라디오에 귀를 기울이고 있었다.
아저씨들 표정이 진지하다 못해 심각했다. 무슨 이야기라도 들

을까 싶어 라디오 근처로 가는데, 갑자기 아저씨들이 놀란 표정
으로 얼싸안으며 환호성을 질렀다.

"무슨 일이에요?"

아저씨들이 이내 양손을 머리 위로 번쩍 들더니 만세를 외쳤
다.

"만세!"

한 번, 두 번, 세 번. 계속 이어지던 소리는 사람들 사이에서
뭉치고 뭉쳐 큰 함성으로 바뀌었다. 오랜만에 들어 보는 힘찬
목소리였다. 사람들이 만세를 외치며 기뻐했다.

"만세, 만세, 만세!"

"전쟁이 끝났대!"

감격에 겨운 함성이 계속 이어졌다. 끝날 것 같지 않던 전쟁
이 한순간에 멈추었다. 회담이 오랫동안 계속되었기에 믿을 수
가 없었다. 금방이라도 북한 인민군이 중국군과 함께 소이산을
향해 다시 쳐들어올 것만 같았다.

"전쟁이 진짜로 끝났어요?"

"그래. 그렇다는구나."

단짝이었던 거제도 유씨 아저씨를 적군의 기습공격으로 잃

은 최씨 아저씨가 눈시울을 적시며 대답했다.

남은 부대원들은 각자 집으로 돌아갈 채비를 시작했다. 막상 고향으로 돌아간다고 하니 혼란스러웠다. 단순하게 봐야 답을 찾을 수 있다고 최씨 아저씨가 옆에서 거들었다. 아직은 그렇게 하기가 쉽지 않았다. 민수랑 집으로 돌아가자던 약속을 지키지 못한 것이 대못처럼 가슴에 박혔다.

'살아 있는 것이 이토록 비참하다니…….'

죄책감이 또다시 밀려들었다. 부대에서 탈출한 남서준은 살아 있을까. 철규 형은 어딘가에 살아 있기는 한 걸까. 그 어떤 희망도 민수가 죽었다는 사실 앞에선 힘을 잃었다.

억울하게 목숨을 잃은 사람들 위에서 아무 일 없었다는 듯 반쪽짜리 평화가 세워지고 있었다. 막사를 나와 민수가 있는 언덕으로 천천히 걸어갔다. 속으로 하고 싶은 말이 많았다. 무슨 말이라도 퍼붓고 단단히 체한 속을 시원하게 게워 내고 싶었다.

'민수야, 이제 전쟁이 멈췄어. 종전은 아니고 정전이래. 종전은 전쟁이 끝나는 거고 정전은 전쟁을 잠깐 쉬는 거래. 어려운 말이기는 한데, 아무튼 이제 집으로 돌아갈 수 있어. 너와 같이 집으로 돌아가야 하는데, 혼자 가려니 발걸음이 떨어지지 않

아. 절반은 살아 있고 나머지 절반은 너와 같이 죽은 것 같아. 이러면 안 되는데, 무엇을 해도 힘이 날 것 같지 않아. 정말 보고 싶다. 네가 이 세상에 없다는 것이 아직 믿기지 않아.'

혼자서 말하는 동안 돌무덤을 둘러싼 가래나무와 갈참나무 사이에서 문득 민수를 본 것 같았다. 키 큰 나무처럼 다리가 긴 민수가 우두커니 나를 보며 빙긋이 웃었다. 눈물이 어룽거렸다.

서 있는 자리에서 한 바퀴 빙 둘러보았다. 여기저기 생채기 난 산이 그 자리에 우뚝 서 있었다. 산 중턱에서부터 비탈길과 막사 주변까지 천천히 훑어보았다. 얼마 전까지 포탄과 총알 속에서 살아남기 위해 몸부림치던 모습이 떠올랐다. 함께 있던 사람들의 환영이 지나간다. 어지럽게 일어나던 희뿌연 안개가 조용히 내려앉았다. 코끝이 찡했다.

막사로 돌아와 지게를 챙겼다. 지게에는 철규 형과 민수가, 나와 함께 끈끈하게 묶여 있었다.

14. 그리운 어머니

마침내 날이 밝았다. 그렇게 기다린 날인데, 기쁨과 슬픔으로 뒤척이다 새벽까지 잠을 이룰 수 없었다. 나뿐 아니라 막사에 있던 사람들의 깊은 한숨과 뒤척이는 소리로 하얀 밤이 내내 소란스러웠다. 부대원 그 누구도 제대로 잠을 자기 어려웠을 것이다. 이제 곧 어머니와 동생을 만날 수 있다. 집을 떠나온 지비록 일 년이었지만 십 년은 훌쩍 지난 느낌이었다. 온몸이 떨렸다.

막사 앞 공터에 부대원들이 모였다. 지금까지 살아남은 사람은 채 사십 명이 되지 않았다. 마지막 인사를 나누며 서로 포옹

했다. 웃으며 눈물을 흘리는 사람들 앞으로 유엔군 차량이 들어왔다. 우리는 차례차례 트럭에 올라탔다.

내가 이곳으로 올 때와는 사뭇 다른 예우였다. 군인들은 무표정했다. 아는 얼굴이 별로 보이지 않았다. 여기 남은 병사들도 이제 고향으로 돌아갈 것이다.

차가 덜컹거리며 출발했다.

'긴장 풀랑께. 진짜로 집으로 가는갑다. 인자 너는 뭐 하고 살랑가?'

철규 형이 묻는다.

'그렇지, 난 앞으로 뭘 하며 살아가야 할까.'

다리에 묵직한 통증이 느껴졌다. 문득 야전병원에서 보살펴 준 의사와 간호사 모습이 떠올랐다. 자기 목숨을 내놓고 다른 이의 생명을 살리며, 아픈 사람을 진심으로 돌보던 사람들.

적으로 싸우다 어린 나이에 죽어 버린 소년 송종태. 그에게도 살아서 평양으로 돌아가야 할 이유가 있었을 텐데. 남쪽이든 북쪽이든 전쟁은 우리 삶을 엉망진창으로 만들어 놓았다.

탈영을 반복하다 어느 날 사라져 버린 남서준. 그에게 가족은 어떤 의미일까.

김 하사와 외선 누나. 전쟁터에서의 사랑은 그 값어치만큼 대우받지 못했다. 김 하사의 죽음으로 끝난 두 사람의 운명은 안타깝게도 그 어떤 불씨도 남지 않았다.

내가 살아 있으니 이제 어떻게 살아야 하는지 스스로 묻지 않을 수 없었다.

'난 말이여, 동생을 찾고 그라고 나서는 노래를 부를 것이여. 아마도 니 말대로 가수가 되지 않을까 싶은디 모르겄다. 내가 라디오에 나오먼 꼭 찾아오드라고잉. 알겄제?'

다시 형의 목소리가 들리는 것 같았다. 퍼뜩 정신이 들자 그 말에 대꾸라도 하듯 머리를 끄덕였다.

'맞아. 형은 아주 멋진 가수가 될 거야.'

달리는 트럭에서 노랫소리가 들렸다. 누군가의 입에서 흘러나오는 노래. 늦은 밤 막사에 누워 고요히 들었던 바로 그 노래였다.

"어머님의 목소리, 음음음 그~리~워~"

트럭에 타고 있던 부대원들이 하나둘 따라 불렀다. 귀향하는 사람들 얼굴에 여러 가지 감정이 교차하고 있었다. 서로의 얼굴을 눈에 꾹꾹 눌러 담으며 뭔가를 다짐하는 듯했다. 이제는 옆에 없는 형이 말을 건네는 것 같았다.

'인자 시상이 바뀌었쓰야. 여그서 배운 것들 잘 써먹도록 허고. 이제부터는 뒤돌아보지 말고 앞만 보고 가는 거여. 그것이 니가 살길이여. 살아갈 날이 많응께 아낌없이 살드라고.'

'알았어, 형.'

눈을 감고 허공을 향해 고개를 끄덕였다. 가슴이 뭉글뭉글 부풀어 올랐다. 지게 부대에서 살아남은 힘으로 뭐든 할 수 있겠지.

복사골 하늘에 구름이 낮게 차오르고 있었다. 마을을 떠나던 날의 그 풍경이 한눈에 들어왔다. 순구와 헤어질 때 보았던 언덕의 당산나무가 가장 먼저 눈에 띄었다.

어디선가 시원한 바람이 불어와 볼을 스쳤다. 겉으로 보이는 마을은 내가 떠나기 전이나 돌아온 지금이나 아무 일 없는 듯 평온해 보였다. 순간, 야전병원 군의관의 말이 기억났다.

'진구야, 어쩌면 평생 다리를 절게 될지도 몰라. 하지만 좌절하지 마라. 넌 나라를 지키고 국민을 지킨 소중한 영웅이란다. 그 사실만큼은 절대 잊지 말고 당당하게 살아야 해.'

다리에 후끈후끈 통증이 느껴졌다. 등에 지고 있는 지게 줄을 양손으로 힘껏 움켜쥐었다. 몸의 표식처럼 지게는 내가 겪은 전쟁의 표상이었다.

무거운 짐이라도 끌고 가듯 오른쪽 다리를 질질 끌면서 마을 큰길로 들어섰다. 시원하게 흐르는 강물과 귀가 따갑도록 들리던 매미 소리, 빨래하는 우물터와 초가지붕 하나하나가 익숙하고 정겨웠다. 한순간도 잊지 못하고 그리워하던, 바로 내 고향 복사골이었다.

구름 속에서 드러난 해가 초록 벼로 가득 찬 논을 비추었다. 햇살이 옆으로 비껴가며 들판을 가득 메웠다. 나는 걸음을 멈추고 그 자리에 한동안 서 있었다. 전쟁의 참혹함을 견뎌 낼 수 있었던 힘은 바로 이 모습을 보고 싶은 열망 때문이었을 거다.

민수 없이 홀로 걷고 있다는 사실에 고개가 절로 떨어졌다. 구불구불한 마을 안길을 돌아 천천히 걸었다. 집 가까이에 다가가자 마당을 빗질하던 순구가 인기척을 느꼈는지 내 쪽으로 고개를 돌렸다. 서로 아무 말도 없이 한참 동안 서 있었다. 나는 이윽고 순구에게 다가가 꼭 끌어안았다.

"어머니, 형이 돌아왔어요……."

순구가 떨리는 목소리로 어머니를 불렀다. 삐거덕 소리와 함께 방문이 열렸다. 어머니가 깜짝 놀라며 맨발로 뛰어나와 나를 얼싸안았다.

"아이고, 우리 진구가 돌아왔네! 내 아들 진구 맞지?"

흐느끼며 내 얼굴을 한참 쓰다듬던 어머니가 나를 앞세우고 봉당마루로 올라갔다. 절룩거리며 걷는 것을 본 어머니가 슬픈 얼굴로 말했다.

"아니, 네 다리가 어째서 그런 것이냐."

"별거 아니에요. 작은 파편이 박혀서 그냥 조금 다친 거예요."

"아이고."

어머니의 탄식을 들으며 마루에 올라 큰절을 올렸다. 어머니는 나를 보며 들릴 듯 말 듯 말했다.

"자랑스럽구나. 아버지도 너도……."

우리가 없는 동안 복사골도 그저 평화로웠던 건 아니었다. 남자는 대부분 징용으로 끌려갔고, 나이 든 어른과 결혼한 여자 그리고 어린 꼬맹이들만 남았다. 민수 아버지는 우리가 사라진 뒤 또 다른 군인들이 마을에 들이닥쳐 어디론가 끌고 갔다. 마을에 있던 가축과 양식도 모두 **빼앗겼고** 아주 힘든 시절을 보냈다. 마을은 전쟁 통에 온통 쑥대밭이 되고 말았다.

천천히 걸으며 마을을 둘러보았다. 군데군데 전쟁의 상처가 눈에 띄었다. 사람이 살지 않아 폐허가 된 민수 집이 한눈에 들어왔다. 낮은 돌담을 따라 쑥부쟁이와 엉겅퀴가 안마당까지 무성하게 자랐다. 민수와 민수 아버지가 그리워 콧등이 시큰거렸다.

다시 집 안마당으로 들어섰을 때 한쪽 흙벽에 기대어 서 있는 작은 지게가 눈에 들어왔다. 어디선가 노래가 흘러왔다.

'아리아리랑 쓰리쓰리랑 아라리가 났네. 아리랑 응응응 아라리가 났네.'

목숨을 걸고 이 나라를 지킨 사람들의 노래였다. 전쟁의 아픔을 함께 겪은 지게가 용기를 내라는 듯, 붉은 노을을 받아 금빛으로 어렴풋이 빛나고 있었다.

　한국전쟁에 참여한 미군은 지게 부대를 'A 부대(A-Frame Army)'라고 불렀습니다. 그 이유는 지게의 옆모습이 알파벳 대문자 'A'와 비슷하게 생겼기 때문입니다. 작품을 통해 한국전쟁이 왜 일어났는지, 우리 선조들이 오랫동안 사용해 온 생활 도구인 지게가 전쟁에서 어떤 역할을 했는지를 알 수 있습니다.

　한국전쟁은 어떤 전쟁이었을까?
　제2차 세계대전 이후 미국과 소련이 자유주의와 사회주의로 첨예하게 대립하면서 국제사회의 긴장과 갈등이 깊어졌습니다. 한반도는 두 나라가 경쟁하는 중요한 지역이 되었고, 결국 1950년 6월 25일 북한의 남침으로 한국전쟁이 시작되었습니다. 한국전쟁은 3년 1개월 동안 계속되었으며 유엔군과 중국군까지 개입한 국제전으로 확대되었습니다. 1953년 7월 27일 정전 협정이 체결되면서 휴전이 될 때까지 한반도는 전쟁으로 많은 마을이 파괴되었고 철도와 도로, 다리 등 제반 시설도 크게 망가졌습니다. 군인뿐 아니라 수많은 민간인이 삶의 터전을 잃고 피란길에 올라야 했습니다. 이런 상황에서 전선에 필요한 물자를 보내는 일은 전쟁에서 이기느냐 지느냐를 결정하는 중요한 사안이 되었습니다.

지게

지게는 우리나라 전통 운반 도구입니다. 나무로 만든 틀에 끈을 달아 사람이 등에 지고 짐을 실을 수 있습니다. 또한 어깨와 허리에 무게가 고르게 실리도록 만들어져 비교적 안정되게 많은 짐을 나를 수 있습니다. 한국전쟁 중에 사용된 지게는 단순한 도구가 아니라 매우 중요한 운송 수단이었습니다. 폭격으로 끊어진 도로, 차량이 들어갈 수 없는 산길, 눈과 진흙으로 뒤덮인 길을 이동할 때 지게가 훨씬 효과적이었습니다.

지게 부대란?

지게 부대는 한국전쟁 당시 지게를 지고 보급품을 운반하던 사람들로 구성되었습니다. 정규 군인뿐 아니라 민간인과 피란민, 때로는 청소년까지 포함되었습니다. 그들은 전쟁터에서 군인들의 식량과 물, 탄약과 무기, 의약품과 의료 장비, 통신 장비 등을 지게로 지어 날랐습니다. 전투 중에는 싸우는 일만큼이나 보급이 중요합니다. 아무리 병력이 많아도 식량이 부족해 먹지 못하거나 사용할 탄약이 없으면 전투에 임할 수가 없습니다.

지게 부대는 전투를 가능하게 만든 보이지 않는 힘이 되어 주었습니다. 지게의 옆모습이 알파벳 대문자 'A'와 비슷하게 생겼기 때문에 미군들은 이 지게를 'A-Frame'이라고 불렀고, 이를 이용해 탄약과 식량을 운반하던 노무자 부대를 'A-Frame Army'라고 했습니다.

전쟁 속 지게 부대의 현실

이야기의 배경이 된 백마고지는 험준한 산악 지형이어서 차량 진입이 어려웠습니다. 백마고지는 강원도 철원군에 위치한

해발 약 395m의 고지로, 한국전쟁 당시 치열한 고지전이 벌어진 전략적 요충지입니다. 특히 1952년 가을, 이곳에서 벌어진 백마고지 전투로 널리 알려져 있습니다.

소설에 그려진 것처럼 지게 부대원의 하루는 매우 고되고 위험했습니다. 이들은 수십 킬로그램이 넘는 짐을 짊어진 채 새벽부터 험한 산길을 걸었습니다. 전쟁으로 파괴되고 포탄에 무너진 폐허 같은 마을도 지나야 했습니다. 적의 공격 위험은 늘 따라다녔으며 추위와 더위 속의 굶주림, 끝없는 행군은 크고 작

6·25 숨은 영웅 '지게 부대'를 아시나요?   "미군 10만 명 역할"… 탄약 나른 민간인
(세계일보 2018. 1. 17)   '지게 부대' 활약 (중앙일보 2022. 9. 1)

은 부상으로 이어졌습니다. 포성이 들려도 걸음을 멈출 수 없었습니다. 지게에 탄약, 식량, 식수, 의약품 등을 싣고 험준한 산길을 오르내리며 전선까지 직접 운반했습니다. 포탄과 총탄이 빗발치는 상황에서도 보급을 멈추지 않았습니다. 이들은 보급뿐 아니라 부상병을 후방으로 이송하는 임무도 수행했습니다. 들것이나 지게를 이용해 부상자를 안전지대로 옮기며 많은 생명을 구했습니다. 치열한 고지전에서 지게 부대의 신속하고 끈질긴 보급 덕분에 아군은 진지를 유지하며 장기간 전투를 이어 갈 수 있었습니다. 이들의 활동은 전투력 유지의 핵심 기반이었습니다.

지게 부대의 싸움은 총을 드는 전투가 아니라, 살아남기 위해 끝까지 걸어야 하는 고통스러운 사투였습니다. 그래서 "총보다 지게가 전쟁을 살렸다"라는 말이 생길 정도였습니다. 지게 부대는 치열한 전투 뒤에서 보급으로 전쟁을 떠받친 또 하나의 전선이었습니다.

이 소설을 읽는 관점
소설 속 지게 부대는 단순한 역사적 배경이 아닙니다. 수많은 이들이 어쩔 수 없이 고향을 떠나야 했던 안타까운 사정, 전쟁 터에서 두려움을 안고 살아남기 위해 등에 짊어진 책임들이 이 지게 속에 가득 담겨 있습니다. 주인공 진구가 멘 지게는 물건의 무게이면서, 동시에 전쟁이 한 사람에게 지우는 마음의 무게이기도 합니다. 책을 읽는 여러분은 주인공의 걸음을 따라가며 전쟁이 인간에게 어떤 대가를 치르게 했는지 생각해 볼 수 있을 것입니다.

전쟁은 함경도부터 제주도까지 한반도 전역을 전쟁터로 만들었습니다. 이러한 상황을 생생하게 표현하기 위해 북한 소년병 송종태, 서울 남대문 근처에 사는 남서준, 경기도 장호원에 살던 진구와 민수, 전라도에서 온 철규 형 등 다양한 인물을 등장시켰습니다. 특히 철규 형의 사투리는 전라도 사투리를 잘 구사하는 김도수 시인에게 감수받았습니다. 이와 같은 부분을 염두에 두면 더욱 실감 나게 읽을 수 있을 것입니다.

전쟁의 흔적을 매만지며

1950년 6월 25일. 한반도는 뜨거운 태양보다 더 잔혹한 불길에 휩싸였습니다. 이전부터 그런 징조가 있었지만, 그날 이후 남과 북이 다른 민족처럼 총을 들고 서로 겨누기 시작했고, 사랑하는 사람의 이름이 하나, 둘, 이 땅에서 사라졌습니다. 우리는 전쟁을 역사의 한 장면으로 기억하지만 그 속에는 하루하루를 힘겹게 살아야 했던 이들의 애절한 고통이 스며 있습니다.

주인공 진구는 폭탄이 쏟아지는 전쟁터에서 얼마나 가족이 그리웠을까요. 집으로 함께 돌아갈 것이라 굳게 믿었던 민수의 죽음을 어떻게 이해하고 받아들였을까요. 철규와 서준이처럼 사라진 이들을 향한 마음은 어떤 것이었을까요. 북한의 소년병 송종태가 생각한 한민족의 통일은 우리가 염원하는 것과 다른 것이었을까요. 이 이야기를 통해 전쟁이라는 비극이 우리 삶에 얼마나 깊은 상처를 남기는지, 거기에 휩쓸린 개인의 서사는 어떻게 흘러가는지를 말하고 싶었습니다.

중학생 시절, 북한 공군 조종사가 미그-19 전투기를 타고 남한으로 귀순한 사건이 있었습니다. 전투기가 남한 영공으로 들어왔을 때 우리나라를 뒤흔든 경보 사이렌 소리를 생생히 기억합니다. 그 순간, 다시 전쟁이 일어났다고 생각해 불안과 공포 속으로 깊이 빠져들었습니다. 숨이 막히고 심장이 빨리 뛰어 정신을 잃을 지경이었습니다.

직접 경험하지 않은 전쟁의 상처도 우리 안에 이렇게 존재합니다. 전쟁이라는 비극, 고통스러운 역사를 가슴에 담고 그 시대를 살아간 사람들의 기록과 목소리를 마주하며 현재를 살아갑니다. 무거운 보급품을 지게로 나르던 진구의 짓눌린 어깨를 기억합니다. 보랏빛으로 멍들어 너덜너덜해진 상처는 살갗에 새겨진 전쟁의 흔적이었습니다. 군번도 계급도 없이 목숨을 걸고 나라를 위해 헌신한 지게 부대원들을 추모합니다.

이 글을 쓰는 동안 전쟁터에 외롭게 서 있는 자신을 보았습니다. 이 땅의 누군가는 반드시 겪어야만 했던 우리 모두의 이야기이기 때문입니다. 과거는 사라지지 않습니다. 원치 않게 벌어진 전쟁을 잊지 않고 기억하면서, 다시는 그런 고통이 반복되지 않도록 힘써야 합니다.

한국전쟁은 현재 정전 상태입니다. 국제법상으로는 아직도 전쟁 중이라는 의미입니다. 이야기를 통해 잠시나마 그때를 상상해 보고, 그 시간을 견뎌 낸 이들의 숭고한 숨결을 조금이나마 느껴 볼 수 있으면 참 좋겠습니다. 아직도 지구상에서 벌어지고 있는 끔찍하고 참혹한 전쟁이 어서 빨리 멈추기를 간절히 희망합니다.

살아 있는 모든 생명에게 사랑과 평화가 가득하기를 기원합니다.

최수영